# Leseparadiese

## Eine Liebeserklärung an die Buchhandlung

# 阅读天堂

## 一份向书店的告白

Rainer Moritz

〔德〕雷纳·莫里茨 著

李双燕 译

人民文学出版社
PEOPLE'S LITERATURE PUBLISHING HOUSE

著作权合同登记号　图字 01-2024-4176

Rainer Moritz
Leseparadiese：Eine Liebeserklärung an die Buchhandlung
Copyright © 2019 by Thiele&Brandstätter Verlag GmbH，Wien，Austria
The Simplified Chinese translation rights arranged through Rightol Media
All rights reserved.

**图书在版编目(CIP)数据**

阅读天堂：一份向书店的告白／（德）雷纳·莫里
茨著；李双燕译. -- 北京：人民文学出版社，2025.
ISBN 978-7-02-019138-3

Ⅰ．I516.65

中国国家版本馆 CIP 数据核字第 2025R77N21 号

责任编辑　**朱卫净　邰莉莉**
封面设计　**李苗苗**

出版发行　**人民文学出版社**
社　　址　**北京市朝内大街 166 号**
邮　　编　**100705**

印　　刷　**山东新华印务印刷有限公司**
经　　销　**全国新华书店等**

字　　数　**78 千字**
开　　本　**787 毫米×1092 毫米　1/32**
印　　张　**5.375**
版　　次　**2025 年 1 月北京第 1 版**
印　　次　**2025 年 1 月第 1 次印刷**

书　　号　**978-7-02-019138-3**
定　　价　**39.00 元**

如有印装质量问题,请与本社图书销售中心调换。电话:010－65233595

# 目 录

# 第一章 从少时的宝藏与宝地说起

一片模糊。我一再回忆，依然没有把握回答以下问题：我最早拥有的书是什么书？哪些书曾是母亲读给我听的？我是何时开始独立寻找能满足我好奇心、将我引入无我之境的作品的？当我激活自己的书籍记忆，一些封面和插图突然浮现出来。例如，夹带着路德维西·里希特[①]的阴沉插画的路德维西·贝希斯坦[②]的《德国童话书》引人不安，甚至恐惧；贝希斯坦的文集中不止有《勇敢的小裁缝》和《幸运的汉

---

[①] Ludwig Richter（1803—1884），德国画家，以晚期浪漫主义风格和绘制书籍插图见长。——译者注（除特殊说明外，本书注释均为译者注）

[②] Ludwig Bechstein（1801—1860），德国作家，曾担任地方图书馆和档案馆馆长，业余喜好收集民间童话。其作品集《德国童话书》首版问世于1845年，叙事风格相较同时代的《格林童话》更通俗化，适宜儿童阅读。

斯》那样鼓舞人心的文章，也有情节险恶的《死神教父》《法官与魔鬼》等。当然，还有《汉塞尔与格蕾特》，这篇故事中关于孩子被喂肥、老妪被推进火炉的情节描述，越读越令人毛骨悚然。即便它有一个美好的结局——弃儿们最终回到了父母的怀抱，也不足为道了。

想象在炉子里惨遭焚烧的画面，曾折磨我数夜之久，而且我至今也不能被说服，如此粗野的教育方式，这般恐吓性的散文，能令一个六七岁的孩子受益。无论如何，如今我满怀敬意地捧着贝希斯坦的童话书，里希特的木版画不再让我害怕，但也唤起不了多少好感。假如我面对的是电子阅读器上的版本，我或许会对此书产生有所不同的、可能更为平淡的印象。这是因为，我的阅读记忆是被系于有形的书本，于感官知觉，于翻过的和刻意跳过一些插图的书页间的并且关联着被再次勾起的——正如《幸运的汉斯》所传达的——"幸福并非取决于物质占有"的纯真旧念。

我可以轻易列举十几本这样的启蒙书籍，每一本都在我的童年里占据稳固地位。其中最单调乏味的可能是

《字母书》[1]，我在海尔布隆[2]的格哈特·霍普特曼小学受教于首席教师莱普勒——一位穿着白色西装外套的友善老人时，曾利用这本书学习阅读和写作。启蒙书上的启蒙词汇对于我来说包括"汉斯""洛特""罗尔夫"（一条棕色犬）"香肠"，以及"德式小面包"这种在当今不为营养学观点所接受的食物。五个手写体单词，就能轻松制造一个冲突交织的故事。如果汉斯和罗尔夫都想要香肠，该怎么办？在这种情况下，洛特要怎么做？是静静地坐在角落里掰小面包吗？可惜，莱普勒老师并不想了解诸如此类的对字母书条目的创造性延续，所以我就没写成这个故事。

还有一本是住在上普法尔茨的玛丽亚姑姑送给我的卡尔·迈[3]的摄影集。书中的大幅照片展示了其作品改编电影的主要演员皮埃尔·布莱斯和莱·巴克，以及

---

[1] 教儿童看图识字词的德国经典教材。下文提到的五个单词是该书中的常见名字和物品。
[2] 德国巴登-符腾堡州北部的城市，作者的家乡。
[3] Karl May（1842—1912），德国作家。其代表作是以印第安人威尼图为主角的美国西部冒险系列小说，曾被改编成多部由众多明星参演的电影。

一些重要配角如克里斯·霍兰德、马里奥·阿多夫、劳夫·沃尔特。摄影集上一目了然的图像说明已经足够，因为当时的我无意对卡尔·迈做更多了解。后来我尝试通过哈夫曼出版社（Haffmanns）[1]的汉斯·沃尔施拉格[2]文集深入了解卡尔·迈，也无甚收获。只有这套带着玛丽亚姑姑的"1969年圣诞节"手写贺词的摄影集成了我永久的珍藏之一。

又或是那本精彩的《足球66》，由西南（Südwest）出版社[3]出版，由同年去世的奥地利体育记者海希伯特·迈泽尔，以及汉斯·J.温克勒撰写。作为一部毫无疑问的经典，它总结了1966年德国足球甲级联赛和欧洲冠军联赛的亮点。除了那粒可怕的温布利进球[4]外，这届世界杯的出色瞬间自然也得到了详尽记叙。这部大开

---

[1] 位于瑞士苏黎世，主营文学类图书。

[2] Hans Wollschläger（1935—2007），德国作家、文学编辑，对卡尔·迈的生平及作品研究颇深。

[3] 位于德国慕尼黑，主营生活指南类图书，今属企鹅兰登书屋（Penguin Random House）旗下。

[4] 温布利进球指1966年世界杯决赛在英国温布利球场举行时，英国队球员赫斯特的一个被判罚有效的争议性进球帮助队伍在加时赛阶段战胜了德国队。

本图书的封面展现了一位身穿红色毛衣、飞身准确挡住足球的门将形象——不过这并非汉斯·蒂尔科夫斯基或者戈登·班克斯①的照片，而是一幅以绿色填充虚线门网为背景的略微非写实性的画。

也许我是在那年圣诞节得到《足球66》的，随后读了一遍又一遍。几年后，我在文理高中读二年级时，这本旧书再次派上了用场。我通过了朗诵比赛的校级决赛，得以同其他学校的优胜者进行竞争。别人朗读的都是阿斯特丽德·林格伦（Astrid Lindgren）或伊妮德·布莱顿（Enid Blyton）②的故事，我却选择了一本非虚构图书——自然是《足球66》。评委会的中老年女性就像在花样滑冰赛场上一样高举起记分牌，表示她们并不喜欢这个非文学性的选择。因此，我事后告诉自己，我能拿到第五名就不错了。

有一位观众明确表示自己喜欢这个足球主题的朗诵作品，他是朗诵比赛举办地海尔布隆的市立图书馆管理员。这个叫罗尔夫·林格的男人算是下巴伐利亚地区足

---

① 二人分别为1966年世界杯决赛上德国队和英国队的门将。
② 二人分别为瑞典和英国的20世纪著名儿童文学作家。

球界的一个传奇。他站在门边，明显为朗诵比赛的潜规则被一篇世界杯文章破坏而感到幸灾乐祸。

我如此频繁地查阅海希伯特·迈泽尔的"足球之书"，以至于没过多久，它看上去就破烂不堪了。书页只是被草草黏合装订起来的，所以开胶轻而易举。我用与封面图案相配的绿色绝缘胶带阻止了这本我最喜欢的书彻底散架，让它虽然不至于成为半拉残书，却也成了一本半绝缘 ① 的书。这个各种意义上的孤本，在我的足球藏品中拥有举足轻重的地位。

再说说市立图书馆：在施瓦本 ② 人的固定生活预算里，持续地购置新书是不可行的，所以我只有自寻良机来满足对阅读的渴望。彼时坐落于庄严的海尔布隆内城区中的市立图书馆就成了一座宝库。注册成功后会得到一张灰色的借阅卡，从此我每隔两三周就要去图书馆的三楼，在青少年区和成人区提升自己。凡是超出借阅期

---

① 德语中的"绝缘的"（isoliert）一词也有"孤立的"之意，作者在此开了一个双关玩笑。

② 德国西南部的一个历史地区，涵盖作者的家乡。施瓦本人尤其以精明节俭的形象深入人心。

限的人都会被罚款，通常来说，服从纪律严明、发型板正的图书管理员们才是明智之举。

海尔布隆市立图书馆是我的第一个阅读天堂，对此我满怀感激。在这里，受到我妹妹的《汉妮与南妮》[①]的启发，我借阅了一部以男生为主角的讲述英国寄宿学校生活的小说。作者名叫安东尼·巴克里奇（Anthony Buckeridge），他的"詹宁斯"系列小说在其家乡收获了巨大成功，在德语区的反响也是可圈可点——毕竟，这本如今看来极其通俗的校园小说当初是同时以平装本和精装本发行的。德国出版商把"詹宁斯"改成了"弗雷迪"（挪威人则改成了"斯通帕"）。借阅的套装书到底是归市立图书馆所有的，所以我在几年前收购了一本旧书《又是这个弗雷迪》。这不是一次昂贵的收购，却是对情怀至关重要的满足。

我没有止步于如此简单的阅读趣味。在市立图书馆，我还接触到了马塞尔·普鲁斯特（Marcel Proust）《追忆逝水年华》的第一部分《贡布雷》，以及赫尔曼·伦茨

---

① 伊妮德·布莱顿所著的讲述女生寄宿学校生活的系列小说。

（Hermann Lenz）以斯图加特和维也纳为背景的小说《车夫与纹章画家》——这也是我后来撰写关于这位作家的博士论文的基础。最后但并非最不重要的是，市立图书馆曲折的走廊为我提供了弥补知识空白的机会——那是在互联网还很遥远的年代，家里的布洛克豪斯①（当然还有我的父母）都无法弥补的空白。

许多人都在市立图书馆中查阅有关两性话题的信息。我会拿起一本重要的"参考书"，退到后面一个角落的阅读桌前，小心翼翼地提防着警惕的图书管理员，不让他们离我太近。很快我就发现，即便是世界名著——丹尼尔·笛福（Daniel Defoe）的《摩尔·弗兰德斯》或赫尔曼·黑塞（Hermann Hesse）的《纳尔齐斯与歌尔德蒙》，也提供了不少相关的桥段。

贪婪的读者都希望占有书籍。因此，把零用钱或通过派发教区小报所得的收入花在书上，这对少时的我来说只是早晚要做的事。父母放在客厅里的书架上供我取阅的作品并不算多。那上面有封皮五颜六色的各种书友

---

① 指《布洛克豪斯大百科全书》，德语区颇负盛名的百科全书之一，目前已出到第 21 版。

会小册子、厚厚的威廉·布施 [1] 家庭读物、《塞伦加蒂不该丧命》、海因茨·G. 孔萨利克（Heinz G. Konsalik）的《斯大林格勒的军医》，以及戈特弗里德·凯勒（Gottfried Keller）和威廉·拉贝（Wilhelm Raabe）的经典著作——这些书是作为圣诞礼物由一位在民主德国做牧师的亲戚送给我母亲的。

　　我年轻时的海尔布隆基本上有三家值得造访的书店，它们满足了顾客不同的需求。首先是斯特里特先生的书店，它离我就读的文理中学只有两三百米远。我眼中的斯特里特是一个穿着浅色西装、打着领带、仪态优雅的男人。因为他的书店就在学校附近，所以他似乎"包办"了我们德语课的必读书，比如收录了席勒（Friedrich Schiller）的《华伦斯坦》或安妮特·冯·德罗斯特－许尔斯霍夫（Annette von Droste-Hülshoff）的《犹太人的榉

① 　Wilhelm Busch（1932—1908），德国画家，其代表作为幽默图画故事书《马克斯和莫里茨》。

树》的雷克拉姆出版社（Reclam）[①] 课堂套装系列。课堂
套装——这个词对我有种奇特的吸引力。它到底是什么
意思？一次性购买30本斯托姆（Theodor Storm）的《木
偶保罗》可以享受优惠吗？还有，如果我没记错的话，
为什么老师可以得到免费样书？难道他们没有足够的钱
吗？总之，斯特里特负责的是文学作品的基础性供应。
这不是一家拥有稀奇古怪的新鲜读物、诱惑人投入冒险
或探险的书店。

　　作为本地书店中的佼佼者，迪特曼（Determann）书
店具有与众不同的地位：它被倾向于认为是海尔布隆的
一家机构。它位于教堂泉街的1号A栋，离内城区和
基利安广场不远，位置相当优越——转过其所在的拐角
就是禁止汽车通行的内城。人们会步行至此，购买圣诞
节相关和宗教类书籍。业余大学课程的参加者也进出于
此——每个星期六，业余大学都会举行典型的中产阶级
式闲谈会，届时书店会很拥挤，爬上二楼时，没跟人撞
个满怀就很值得庆幸了。

---

① 位于德国迪青根，其平装文学丛书"万有文库"极负盛名。

书商迪特曼是地方议会的成员,多年以来,他看上去并没什么变化:他是一个友好、和蔼的人,身上散发着平静的气息,知道如何与他的顾客——主要是与女顾客——打交道。他曾经笑着告诉我,他总是很受老太太们的欢迎。参观书店的顾客还喜欢绕道去附近的"诺勒"咖啡馆,后者多年来也是海尔布隆城市生活中不可或缺的一部分。

迪特曼常常组织朗读会,这些晚间活动促成了我的第一本文学评论作品的发表。大约是在1976年,彼时春风得意的曼弗雷德·比勒(Manfred Bieler)在书店朗读了他的小说《女孩战争》。我在学校里读的是贝克特(Samuel Beckett)、阿兰·罗伯-格里耶(Alain Robbe-Grillet)或汉德克(Peter Handke)的现代派小说,所以比勒的家族史诗只叫我觉得乏味。于是,我在校报上发表了一篇评论,明确表达了自己对其作品的批评立场。顺便一提,比勒的书是由霍夫曼和坎普(Hoffmann und Campe)[①]出版的,我有幸在20年后担任了这家出版社的

---

① 位于德国汉堡,主营纪实文学类图书。

负责人。这时候比勒的光环已经暗淡，把他的作品再次带给人们的尝试也化为泡影。

20 世纪 80 年代初，赫尔曼·伦茨在迪特曼书店里朗读了他的故事《回忆爱德华》。活动结束后，我鼓起所有的勇气，与这位作家搭上了话。我想写一篇关于他的考试论文。因此，我请求他在慕尼黑（他自 1975 年以来一直住在那里）接见我，并为我解答一些关于他写作方面的问题。伦茨欣然应允，而且带着友好的怀疑态度倾听着我这个新晋文学学者的声音。几个月后，我坐在他位于施瓦宾的小房子里，一边吃着他妻子烤的杏子蛋糕，一边请他谈论他的向往之地维也纳，以及他小说中作为他另一个自我的角色：欧根·拉普。感谢迪特曼书店。伦茨于 1998 年去世，他的妻子汉娜，即他小说中的特鲁特林·汉妮，去世于 2010 年。

不知什么时候，迪特曼书店把总部搬到了克拉姆街，失去了原先的绝佳位置，所以我并不喜欢这次迁址。教堂泉街的店铺则成了分店和古书店。2007 年，在连锁书店塔莉亚（Thalia）和奥西安德（Osiander）几乎同时宣布进驻海尔布隆后，迪特曼家族不得已闭门

谢客。他们不能也不想再面对如此激烈的竞争了。自
1894 年以来，他们就是家族企业。迪特曼的员工汉
斯·劳随后自立门户，开设了"诗歌与真理"书店——
不幸的是，它位于一条人迹罕至的夹道中，周围都是
建筑工地。几年后，爱书人汉斯·劳也不得不放弃了
生意。

　　在（不仅仅是）我的海尔布隆热门书店名单上，高
居榜首的当然是卡门·塔布勒（Carmen Tabler）书店。
它的地位无可撼动。卡门·塔布勒女士的书店位于提托
特街（这是以海尔布隆旧时一位乡长的名字命名的，而
不是像我小时候一直认为的那样，是以前南斯拉夫总
统 ① 的名字命名的），就在交通主干道旁。这个位置好极
了，因为当我们这些中学生在站立式咖啡店"杨森"里
消磨课间时光，用低消费和大声吵闹惹恼员工后，就会
不可避免地拥向卡门·塔布勒的书店。

　　当然，这可不是一家普通的书店，卡门·塔布勒
也不是默默无闻的书商。她在卖书的同时，还经营着高

———————————

① 指南斯拉夫联邦总统约瑟普·布罗兹·铁托。

贵的古登堡图书行会（Büchergilde Gutenberg）[1]，然而她的书店却发展成了一个政治聚会场所，一个城市政治结构中的左翼极点。20 世纪 70 年代末至 80 年代初的海尔布隆以和平运动而闻名，人们在这里抵制被部署在海尔布隆城市森林的荒地中的美国"潘兴"导弹。1983年 12 月，君特·格拉斯（Günter Grass）等人于此发表了《海尔布隆宣言》，这被保守派认为是在"破坏军事力量"[2]。彼得·哈特林 [3]、路易丝·瑞瑟 [4] 和海因里希·阿尔贝茨 [5] 那些年都造访了海尔布隆，而卡门·塔布勒就是牵线人。你一踏进她的书店就能感觉到这一点：广泛的反映左翼政治观点的非虚构图书品类，包括但不限于鲁道夫·巴罗（Rudolf Bahro）、赫伯特·格鲁尔（Herbert Gruhl）、多萝西·索尔勒（Dorothee Sölle）和

---

[1] 位于德国美茵河畔法兰克福，是一家读书俱乐部和出版合作社，以精美的艺术插图设计闻名图书界。

[2] 纳粹德国时代军法中的一项颠覆煽动罪。

[3] Peter Härtling（1933—2017），德国作家、诗人、出版人，因对德国文学的重大贡献而获得德意志联邦共和国荣誉勋章。

[4] Luise Rinser（1911—2002），德国作家，曾被德国绿党提名为总统候选人。

[5] Heinrich Albertz（1915—1993），德国社会民主党政治家，1966 年至 1967 年任西柏林市长。

弗朗茨·阿尔特（Franz Alt）[1]的作品。当时作为学生的我并不属于这个充满参政热情的狭小圈子，与其只是保持着善意的距离。但即使到了1978年底，我前往图宾根求学，发现那里有不少精致的书店可供选择后，我仍然忠于卡门·塔布勒。我继续在她的书店里购买学习所需的书籍，比如宁芬堡（Nymphenburger）出版社[2]的带包装盒的冯塔纳（Theodore Fontane）五卷装作品集；或者，为了跟上时兴话题的讨论，购买维蕾娜·斯特凡（Verena Stefan）的《剥皮》——一本女性主义题材的畅销书。

所以，但凡一个揣着钱到提托特街去的人，都有其文学和政治志趣方面的理由。然而，这家书店的吸引力之一，还在于它的所有者。否认这一点是不诚实的。在我的学生时代，卡门·塔布勒还是一位二十多岁的女性，一个幻象般的美人。她的黑色秀发令我难以忘怀：桀骜不驯的发型让她看上去十分狂野，散发着叛逆的气息，

---

[1] 以上几位德国作家均为关注和平、生态、女性等议题的知名左翼人士。

[2] 位于德国慕尼黑，今属科斯莫斯出版社。

尽管我猜测，淡灰色的发丝也许很早就混入其中了。那时候我就发现，在图书交易中，要想让这位堪称完美的女书商为你服务，一些谋略技巧是少不了的。当与其他顾客的漫长交谈让她有点儿不耐烦时，我却"饶有兴致地"扫视着店里的各个角落，拿起一本又一本书，漫不经心地翻阅。这时我必须保持警惕，以免错过卡门·塔布勒这个美丽的人儿独自留在收银台的那一刻——然后，我放下假装在读的书，故意走近她，一边买单，一边主动跟她聊天，聊什么都行。

卡门·塔布勒在当时的我看来就是自信的化身，她不允许自己不经过顽强抗争就被吓倒并丧失自己的主张。我大概已经提过她的黑发了……天啊，我可能把一切美好的品质都投射到这位女书商的身上了……但我现在已经分不清什么是投射，什么不是了。这倒并非坏事。卡门·塔布勒是我的启蒙书商，这是无可改变的事实。

1980年，卡门·塔布勒与人共同创办了迪斯特尔出版社（Distel）。1993年，她罹患癌症，并在一年后将她的书店卖给了同行斯特里特。她于2005年去世，享年57岁。

这些书店位于我人生之路的开端，是它们唤起了我对书店的热爱。顺便一说，这种好感同样适用于我从未走进的书店。且让我以伦敦的一家古书店来举例说明。

在我的"巡礼长廊"中，就在卡门·塔布勒的旁边，是来自伦敦的弗兰克·杜尔。这位杜尔先生在查令十字街 84 号经营古书店"马克斯与科恩"（Marks & Co.）一直到 20 世纪 60 年代末。书迷们即使从未到访此处，也能立刻意识到，这便是纽约作家海莲·汉芙（Helene Hanff）在她的作品《查令十字街 84 号》中塑造的文化地标：那家早已停业的美妙书店。

1949 年，汉芙联系上这家古书店，想订购一些在纽约买不到的珍本。这很快就发展成了一种与正常业务往来无关的书信交流。纽约人海莲·汉芙和伦敦书商弗兰克·杜尔成了朋友，他们以截然不同的方式表达自己的感情，却始终不曾见面。弗兰克·杜尔于 1969 年去世，这促使他的女笔友汉芙出版了这些独特的信件。《查令十字街 84 号》的初版于 1970 年由纽约的格罗斯曼（Grossman）出版社发行，一经问世便征服无数读者——在 30 多年后的 2002 年，这股魅力的旋风又在德国掀起了一阵热潮。

《查令十字街 84 号》很早就传到了英国：出版人安德烈·多伊奇（André Deutsch）读罢原版，立即决定在本土市场再推出一个版本，并邀请作者到伦敦进行宣传。正如海莲·汉芙本人所言，此前的 20 年来，她一直无法实现渴望已久的跨越大西洋之旅。这位编剧的银行余额不足以令自己高枕无忧，不允许她筹划如此昂贵的活动——尽管自其一些信件中透露出的些微恐惧也引人怀疑，她其实是害怕自己想象中五光十色的画面落空于真实的伦敦街头。

1971 年 6 月，时机已经成熟：海莲·汉芙抵达了自己过去主要通过文学作品来熟悉的伦敦。她决定把所见所闻写成日记，如实反映自己对此地的印象。《布卢姆斯伯里街的女公爵》便是对这些笔记的精彩总结。和在《查令十字街 84 号》中一样，汉芙再次精彩地描绘了她的经历和遭遇。她的笔触是如此辛辣而多情，让人巴不得跳出文字去追随这位既焦虑又坚定的旅行者。海莲当然了解，她正在进行一场冒险：先是体验到"一种幻灭感"，接着又生出"整个旅程都是徒劳"这种压抑的感受。但是，当她开始大步流星地为自己而征服这座城市的时候，最初的疑虑就从她身上消失了，循着约翰·多恩（John Donne）或威廉·莎士比亚的足迹漫游伦敦的幸福感完全占据了她的头脑。

海莲·汉芙很享受她在伦敦逗留的六个星期。她十分乐见记者们对她表现出的强烈兴趣，也很清楚这种名声是短暂的，不会传到纽约。她狡黠地眨着眼睛，以"候补女公爵"的身份接受赞美，渴望尽情享受旅途中的每个瞬间。她欣然接受各种共同进餐的邀请，因为这样可以缓解她的荷包压力，有助于延长她待在伦敦的时日。对汉芙来说，这座英国大都会倒并非容不得批评意见的"圣地"，她用她特有的机智幽默描述了酒店淋浴装置的糟糕设计、掺水严重的杜松子酒、"马里兰鸡"① 里令人费解的食材，以及难以适应的英式着装。

---

① 一道美国马里兰州的传统菜肴，在英国却多由中餐厅供应，因此做法与原版大相径庭。

真实的伦敦满足了期待，也抑制了一度浮上心头的"乡愁般的思念"。正是务实的意识保护了旅行者汉芙免于陷入绵绵不绝的感伤之中。她想去看看在书中读到过的地方，她想认识弗兰克·杜尔的家人。完成心愿后，她立刻在她的日记中交代了这些经历。当她决定随身带走已经倒闭的"马克斯与科恩"书店里的那些旧信时，她旋即对这场意料之中的哀愁侵袭评论道："九月的某一天，当我打扫房子时，它们会落入我的手中，我会问自己：'你要怎么处理它们，当你成为一个老太太时，你会为它们流泪吗？'然后，我会丢掉它们。"

海莲·汉芙所收到的不可思议的市场反响，令她本人也一直颇为惊讶。1971年10月，她在《读者文摘》上发表了文章《七重天来信》，以感谢她的忠实读者。其中写道："我经常夜不能寐，试图理解到底发生了什么。我什么都没做，只写了一本书，就得到如此天大的厚爱。如果我实话实说，这根本就不是一本书；它只是我和一位我不曾谋面的、来自一家我从未见过的书店的英国人之间的往来书信。但是，在上周某日入睡前，我突然想到了一篇书评中的几句话。我茅塞顿开。这段话出自《星期六评论》中哈斯克尔·弗兰克尔①的笔下：'如果一颗无忧无虑的美国心能冲破一个英国人的死板矜持，那么在这个充满磨难的世界上，又有什么事情不能在民众之间发生呢？孤独又是什么，不外乎是书信桥梁另一端的人们更乐意让亲自拜访的幻想破灭。'"

海莲·汉芙的《查令十字街84号》是对一家书店，尤其是对经营这家书店的有心人最美好的爱的宣言之一。这样一段美好的远距离关系，从未成为过，也再无可能成为亲密关系。不过，任何人只要读到矜持的弗兰克·杜尔是如何情感细腻地回应他那位纽约女客户最离奇的愿望的，就会感觉到，这段业务关系也是一段恋爱关系。

汉芙在纽约面临的窘迫的生活条件意味着她无力再添一间书斋。她不得不因势利导，定期整理自己的书堆："每年春天我都会进行一次书籍大扫除，把那些再也不会看的书扔掉，就像对待再也不会穿的旧衣服一样。"在这

---

① Haskel Frankel（1926—1999），英国作家，曾为众多知名英美报刊撰写书评和剧评。

一点上，我不同意汉芙女士的看法。把书从书架上清走是我做不到的事情，不论如今的我对其中内容有多么不屑一顾。

俘获我心的书店外观各异。不过，正如2018年秋天去世的米兰出版人英奇·费尔特里内利（Inge Feltrinelli）所说，它们都把"诱惑顾客"放在首位。它们有些是建筑奇作，有些是杂乱迂回的避难所，有些是抵御时代潮流的坚固堡垒，有些是充满惊喜的创意中心，还有些是冷僻商场中唯一的地标。

如今，对于不愿被淘汰出局的书店来说，撑起自己的一片天并非易事。不过，我并不打算以怀旧的角度写下这份爱之宣言。与时俱进乃理所当然。我之所以讲述这些或非凡或不起眼的场所的故事，是为了表明，传统意识和创新精神仍然可以为我们经济繁荣、心灵丰盛的未来提供必要的力量。当然，现下已经鲜有书店能像20世纪20年代的那样营造沉思的氛围了。彼时，卡尔·雅各布·伯克哈特 [①] 在巴黎的理发店遇到了赖纳·玛利亚·里尔克（Rainer Maria Rilke），并和他一起去了塞纳河左岸的一家古书店。在那里，二人旋即陷入了围绕龙萨（Pierre de Ronsard）和拉封丹（Jean de La Fontaine）[②] 的激烈的文学辩论中，直到店主匆匆关起门来，拿出布雷斯炖鸡和葡萄酒招待两位客人——你可以在伯克哈特《书商的早晨》中读到这个故事。

不管世事如何变迁，人们逛书店时一旦被施了咒语，这次造访就会变成难忘的经历：在读书和聊天中忘记时间，在与世隔绝中思考，就像用茧将自己包裹起来一样；最后，带上刚进店时根本没想过要买的一袋子书回家。埃利亚斯·卡内蒂（Elias Canetti）在其小说《迷惘》中讲到，主人公彼得·基恩（他后来殒命于自己的书斋里）从小就渴望拥有一家书店，他把自己关在书店里过夜时，突然感觉到鬼魂在靠近——"在夜里，它们都飞到这儿

---

[①] Carl Jacob Burckhardt（1891—1974），瑞士外交官、法国史学者，曾任红十字国际委员会主席。

[②] 二者分别是擅长情诗及赞美诗的宫廷诗人与擅长针砭时弊的寓言诗人。

来，盘踞在书本上空……它们在读书。它们的眼睛真够大的，不需要任何光线。……一万本书，每本书上都蹲着一个鬼。周围如此安静。他偶尔能听到它们的翻书声。它们读得和他一样快。"

少年彼得·基恩的空想并没有消失。埃利亚斯·卡内蒂后来的同行们继续做着同样的梦。例如，杜尔斯·格林拜恩① 对杜塞尔多夫的文学书店"穆勒与波姆"（Müller & Böhm）的赞颂，就是以这样的幻想开始的："闭店后，夜深人静，书店里究竟发生了什么？过去我经常梦见博物馆，我把自己关在里面，像艺术品强盗一样肆意掠夺。后来，古书店时不时就会为我营造出实现这个愿望的梦境。"当费莉塔斯·霍普② 迷失在柏林的文化百货公司杜斯曼（Dussmann）琳琅满目的商品中时，心头也升起了相关的思绪："我坐在杜斯曼的扶手椅上（腿上放着一本书），俯视着弗雷德里希大街，想象自己不是来购物的，而是来读书的，也可能是来住宿的；我可以

---

① Durs Grünbein（1962—　），德国诗人、散文家，是当代最重要的德语诗人之一。
② Felicitas Hoppe（1960—　），德国作家，毕希纳奖得主。

在夜里把自己关在这里，借着路灯的亮光写自己的书。"

　　无论是在汉堡的尼恩多夫区，还是在吕根岛的京斯特镇，这种"关起门来"读书的愿望早已进入许多书店的服务范围。各年龄段的顾客都会被邀请在书店里过夜，或者至少度过一个傍晚，静下心来翻翻书。他们会遇到好鬼还是恶灵呢？

# 第二章　非凡书商

斯蒂芬·萨姆特雷本（Stephan Samtleben）是一位不折不扣的书商。30 年来，他一直在汉堡文学之家[①]经营着一家小而精致的书店，该书店于 2017 年获得了德国书店奖[②]。北方德国人的谦虚品质让他在要不要把奖章摆在书店橱窗里这个问题上纠结了良久。他尽可能不引人注目地那样做了。一个汉萨人[③]可不想引起轰动或被认为是虚荣的。

---

[①]　文学之家（Literaturhaus）是德语区以传播当代文学、促进文学交流为宗旨的公共机构。除了举办讲座、展览、文学节，多数文学之家也建有图书馆、书店、数据库，是以所在城市冠名的文化地标。

[②]　德国联邦政府于 2015 年为德国境内由独立业主经营的书店（特别是小型书店）设立的奖项，旨在鼓励经营模式的创新和阅读文化的推广。

[③]　指汉堡、吕贝克、不来梅等汉萨同盟城市的上层社会居民。

萨姆特雷本的低调保守，不止与捍卫自己的文学品位有关，也不止体现在他对至少最近 5 年内出版的书都有印象上。任何一个在文学之家经营书店的人都必须和顾客打交道，在汉堡如此，在柏林或斯图加特亦如此。书店的顾客也各执文学趣味，并对书商寄予厚望。斯蒂芬·萨姆特雷本深知这一点，当他在朗读会上摆好书桌后，他不仅会自豪地介绍起可配送的产品，更以介绍某位作者早已绝版的初版书为荣。他的表情散发着淡淡的自我满足感，只有当他的顾客意识到他将何等珍宝放在了他们或许并不干净的手中时，这种满足感才会增加。我也不能确定，他是真的想卖掉那些宝贝，还是宁愿把它们永远保存在架子上。

斯蒂芬·萨姆特雷本是一个饱学之士，也是一个敏感的人。对于畅销书排行榜上的作品，他从来就不感兴趣，甚至将其视为文学价值贫乏的表现。他以自己的方式探索各个出版社的新书预览信息，而且偏好小出版商——这些出版商的老板因此把他深深地放在心上。有时候，萨姆特雷本和我甚至会取得让我们都会心一笑的一致。比如在 2017 年，甚少受到德国文学评论界关注的奥托·穆勒（Otto Müller）出版社 ① 出版了生于特兰西瓦尼亚、居住于弗赖堡的艾丽斯·沃尔夫（Iris Wolff）所写的小说《假装下雨了》。萨姆特雷本和我分别读了这本书，并得出了同样的结论：这是一部非同寻常的作品，怎样赞美都不为过。萨姆特雷本是如何对待该书的呢？他会抓住每一个有意或无意踏进他店里的有文学涵养的人，直到把一本沃尔夫的《假装下雨了》卖给对方才肯放人家走；在半年内就卖出了300多本。在奥托·穆勒的书商营业额排名中，萨姆特雷本可能是名列前茅的。

斯蒂芬·萨姆特雷本不会让顾客轻松自在，也从不对他们故作亲近。在某种程度上，他们必须证明自己值得被他服务，如果他们的言行举止就像在饮品店或建材商店里一样，萨姆特雷本的表情就会在一瞬间暗淡下来。让他难以置信的是，人们在隔壁的文学之家咖啡馆里抓薯条吃，竟然只用餐巾纸胡乱擦了擦手，就走进他的书店。萨姆特雷本以警惕的目光追踪着这些令人不愉快的顾客的一举一动，只要有一本书被粗鲁地打开或放回

---

① 位于奥地利萨尔茨堡，主营美文类图书和当代本土作家的小说。

错误的地方，他就会毫无顾忌地训斥他们。他最讨厌人们背着背包进入他的小店，在里面胡乱地转来转去，好像要把货架上的东西都蹭到地上一样——这种现象正在惊人地增加。我同意他的观点，背包在美好的旧日里主要用来登山，而不是靠近容易被损坏的书籍，这是有原因的。

在书店里，图书销售代表才是主要登场的人物，书店老板则不同。萨姆特雷本身上就反映出了这样一些特征。他是一个狂热的自行车爱好者——这并不意味着他每个周末都会出去兜风，但他很喜欢长时间翻山越岭地骑行。由于他是一个热爱法国文化的自行车爱好者，所以他很喜欢讲述自己冒着酷暑把车蹬上旺度山的经历。不足为奇的是，他也是会用自行车给顾客送货的书商之一——这可是互联网零售商不曾提供过的服务。

萨姆特雷本的所作所为都反映出他是一个传统主义者，而不是他所属行当的另类代表。他并不反对现代通信手段，但联系他的最好方式是给他打电话，而不是等他回复邮件。从来没人觉得他的书店网站是好用或完善的。他的主页有时甚至会显示无法访问，而他只是耸耸肩用一句"好，我会解决的"就打发了这种状况。

话虽如此，萨姆特雷本到底掌握着一些能够给细心的顾客留下深刻印象的技术工具。例如，当他在朗读会上售卖塑封书时，因为是作者签售模式，所以必须快速撕掉紧紧包裹书本的塑料膜。他不使用钢笔、开信刀或指甲，而是拿出一种锋利的器具。这玩意儿十分精致，尽管我已经记不清它的名字了——也许叫塑料膜切割器？我不知道。反正在任何情况下，它都能确保塑料膜立刻脱落，绝不会伤害到切口或封皮。接下来，怀着一种低调的胜利感，萨姆特雷本把除去包装的书递给他的顾客，尽管后者常常对他的心灵手巧一无所知。

最后，有关萨姆特雷本的敏感性（以及他的专业性）最重要的证据，是他本人喜欢讲述的一件事。那是在2006年，当马蒂亚斯·波利蒂基（Matthias Politycki）介绍其以古巴为背景的小说《号角之主》时，斯蒂芬·萨姆特雷本照例安坐在书桌前，直到作者读出一段血腥的描写，引起了分销商们的不安。事情没有到此为止：大厅里只有极少数人发现，萨姆特雷本当时突然身子一歪，直直地摔在了图书柜台后面的镶木地板上。幸好，他没有受伤，只是短暂地失去了知觉。换作是其他书商，摔倒的瞬间恐怕会伴随着尖叫或哀号。萨姆特雷本就不一样了，在妻子凯瑟琳的注视下，他依然保持着躺倒的姿势，不想打扰作者的朗读。场面稳定了下来，萨姆特雷本也从惊吓中缓了过来，继续在活动结束后卖书，好像什么都没发生过似的。文学能把他这样一个阅历丰富的人打倒，这令很多人——特别是他自己——印象深刻。

一个类似萨姆特雷本的人或许是其所从事行业中一个濒临灭绝的样本，就像我们抱怨政治和足球领域不再有"不合群者"了一样。然而，图书行业正盛产这样的人物。无可取代的公交车司机和美妆店售货员也是存在的，对此我尽可能不加以低估。但我可以肯定，书商中特立独行的人特别多。简单来说，这大概是由于图书贸易是围绕内容的，是关于文化的，以及书中所讨论的事物通常与我们的生活和人生幸福有关。这一点大概与公交车司机和美妆店售货员形成了鲜明的对比：他们通常不会对车票或和沐浴露有多大程度的认同。

当然，我不想粉饰任何事情。到目前为止，并不是所有卖书的人都是兢兢业业的说服者，把心血倾注在工作里。一些冷淡的、无知的、萎靡不振的书商卖起书来跟卖独角锤或口红没什么区别。还有些人认为自己有脱离宏观经济框架的特殊权利，因为他们自诩为文化的传承者。一些人意识到威胁自己商品的事物时，为时已晚，只会因为顾客的流失而愤愤不平。我不想谈论他们，我的爱之宣言不适用于他们。我要说的是其他人，这些人尽显自己的特色，成日思考如何经受住来自市场集中化和互联网的挑战。下面就让我来给大家讲讲这些务实的理想主义者。

伊丽莎白·罗切斯（Elisabeth Röttsches）是一位优雅、时尚的书商，她和她的兄弟鲁道夫共同经营着黑尔纳① 历史悠久的"科埃特与罗切斯"（Koethers &

① 德国鲁尔区北部的一座城市。

Röttsches）书店。1978 年，年轻的她加入了这家历史可以追溯至 1905 年的家族企业——彼时的科埃特家和罗切斯家都以报纸印刷营生。

2011 年，兄妹俩把握良机买回了位于书店后面的院子里的老印刷厂，并将其改造成了一个用于举办朗读会、展览和音乐会的高雅场所。一个大胆想法蓬勃生长的地方距离下一个大胆的想法总是不会太远。正因如此，他们又萌生了为活动项目建立一座"鲁尔-黑尔纳文学之家"的想法，并将书店纳入该建筑群中。他们在 2015 年如愿以偿。文学之家和书店一样，都以氛围和魅力为生，需要吸引没有造访这些地方的习惯的人，所以兄妹俩决定踏踏实实地做生意。一年后，他们剥离了文具分销的业务，将一家有 20 个座位的咖啡馆并入书店，作为文学之家和书店之间的枢纽。从此以后，每到意大利咖啡和小型早餐的供应时间，热油的嗞嗞声和水沸声都会在书架间涌动。这家由书店独立经营的咖啡馆不是书店的附属品，也不占主导地位。

伊丽莎白·罗切斯是一位在当地商业圈子里美名远扬的女商人。她是扶轮社成员，积极从事志愿工作。她经手的事情必须经得起严格的审查。同时，她也是一位热心的读者，定期为客户提供精选的新出版物，包括那些不容易卖出去的、需要她付出许多精力的书。她欣赏的一些作家，如马库斯·奥斯（Markus Orths）或拉尔夫·罗斯曼（Ralf Rothmann），都曾现身于她的文学之家，而且出场费相较于大都市的同类机构来说几乎低到不合理。很多人都不相信这在贫困的鲁尔区中部行得通——但她做到了。伊丽莎白·罗切斯对好喝的白葡萄酒也颇有心得。

施塔德目前可能不会有文学之家。这座下萨克森州的小城坐落在老区<sup>①</sup>的边缘，只有不到5万名居民，以及一家经常获奖的书店——德国最美的书店之一。事物的美学价值往往与其历史有关，施塔德当然也是如此。

"绍姆堡""书店""古书店"分别被印在一栋木框架结构的文物保护建筑外墙的三块匾上。两面几乎凸到人行道上方的高大橱窗、两个透明展示箱、两个明信片架——这不是什么震撼人心的外观，却让人一眼就

———————————

① 位于易北河南岸、横跨下萨克森州和汉堡的部分地区的一片沼泽地。

能看出，这幢房子深深地扎根于商业意识，而非随心所欲的产物。"我很荣幸地知会您，我于今日在本地广场上开了一家归属自己名下的图书、艺术品和音乐商店。"1840 年 8 月 21 日，不到 30 岁的弗里德里希·绍姆堡（Friedrich Schaumburg）在这封通函中宣布了他的新店开张。

这家书店原先位于霍克街，于 1852 年搬到了现在的大铁匠街。绍姆堡家族经营出版社和书店长达 60 多年。弗里德里希于 1856 年早逝后，先是由他的遗孀，然后于 1875 年由他的儿子弗里德里希·威廉接管了公司。《城市和乡村学校实用德语教程》等课本带来了可观的利润，一家音乐资料借阅机构的成立则扩大了公司的经济基础。

号称"节俭怪人"的弗里德里希·威廉·绍姆堡于 1902 年无子而终。但幸运的是，公司很快就找到了接班人：自 1893 年起在这里做学徒的海因里希·布雷默，一位施塔德裁缝的儿子。他的外孙女海德·科勒-杜韦，公司的第三代掌门人，十分珍惜这种融入家族传统的感觉。每当回忆起小时候穿着睡衣蹦蹦跳跳进入书店寻找父亲的场景，她的眼睛都会发亮——从那时起她就发现，书本间无与伦比的氛围是一味生命灵药。她的父亲弗里德曼·科勒自1951年起在书店当助理，一年后与布雷默的女儿克里斯塔结婚（这说明，一家精致的书店在本质上能够触发爱情）。30多年后，历史在某种程度上重演，1987年作为助理加入书店的塞巴斯蒂安·杜威与学生时代的女友——科勒的女儿海德——结婚了。

海德·科勒-杜韦维护着与绍姆堡这个名字相关的传统，但不相信如今只依靠传统就能保证书店的生存。当然，她和丈夫对店内可以追溯到成立之初的部分财产十分自豪：一面木质的书架墙、墙上的嵌入式时钟、柱子、拱门和手工制作的门板，都能迅速吸引到访者的目光，让人了解到19世纪中期时这里的样子。

然而，这家装潢极具个性的书店很少给人浑然一体的感觉。虽然店家花了很多心思去还原老家具和装饰，你还是能在各个角落发现混杂风格。刚站到吱吱作响的木地板上，下一脚就踩上了厚厚的地毯。在古朴的尾部空间进入视线之前，现代化的球形小喷泉水声潺潺。1999年，他们开始对在1971年买下的、朝向邮政大街的后排房屋的庭院进行扩建。这里是弗里德曼·科勒苦心经营起来的大型古书店的所在地。装修后，其营业面积增加到了180平方米。一位医生朋友用绘画装饰了房屋的两个八角形圆顶，光线自天窗洒向室内。人们在这里也能找到一些颇具年代感的部件。古书店里原先的书籍仍被安置在那些非同寻常的家具中——这些家具来自19世纪中期施塔德的"菲克"烟草厂。

　　进入书店之前，访客就已经被强烈地暗示了书籍和烟草制品之间的联系，因为在入口的楼梯拐角处，端坐着一个相当显眼的木头人，从表面的裂纹可以看出，它已经存在不少年头了。这座新奇木雕塑造的抽烟男人形象在政治上被十分不正当地称为"烟草黑鬼"，来自一家已经停业的殖民地产品商店，用以吸引顾客对其烟草产品的注意。绍姆堡正是借助这样的细节发出了如下信号：如果零售店拒绝接受品位同质化的影响，而是以与众不同的吸引物来捕捉人们的注意，它就能生存下去。

　　顾客们是知道并乐见这一点的。除了那些好奇地漫步在老城区中寻找特色事物的游客，海德·科勒-杜韦主要依靠的还是她的固定客户。诚然，他们的忠诚度会有所减弱，一些人也会在其他地方买东西，但毫不稀奇地，

"叛逃者"很快就会重拾起对大铁匠街上那张"独特面孔"的向往，这是指平面艺术家辛诺德·克莱因于1952年为书店设计的妙趣横生的老式商标：一个穿着靴子、背着满满一筐书的读书人。

海德·科勒-杜韦不放过任何将文学以极其生动的方式呈现给顾客的机会。自1999年至2000年扩建以来，书店每年都举办朗读会，并定期举办丰富的美食活动或音乐表演。后者是海德·科勒-杜韦将她的两个爱好——文学和音乐——结合起来的理想时机。

近10年来，来施塔德朗读作品的作者名单丰富到让人惊叹。罗伯特·梅纳瑟（Robert Menasse），玛格丽特·德·摩尔（Margriet de Moor），汉斯-乌尔里希·特里谢尔（Hans-Ulrich Treichel），伊利亚·特罗扬诺夫（Ilija Trojanow），阿诺·盖格（Arno Geiger），克劳斯·莫迪克（Klaus Modick），斯滕·纳多尼（Sten Nadolny），威廉·格纳齐诺（Wilhelm Genazino），丹尼尔·凯尔曼（Daniel Kehlmann），苏莎·班克（Zsuzsa Bánk），因戈·舒尔策（Ingo Schulze）……他们都推开过绍姆堡的大门。等到所有的书都签上了名字，作家们又渴又饿的时候呢？去街角的比萨店绝不符合科勒-杜韦夫妇的习惯。相反，朗读会的空间在几分钟内就可以被改造成一家舒适的餐厅。店主把椅子摆放在一张大桌子周围，端上开胃菜，斟上葡萄酒。在这里，作者并不是一个履行完合同义务就得马上回到酒店房间的无名客人。相反，这里简直就像家一样。海德·科勒-杜韦是这场庆典上的女君主。如同她的书店似乎脱离了时间的束缚一样，她本身也散发着镇静与安宁，以及一种明显的老派作风——这种气质是由拒绝追随每一股时代风气的信念所滋养的。

是什么让绍姆堡的图书天地如此与众不同？海德·科勒-杜韦回答得没有丝毫犹豫：当然是历史的氛围，以及让人用所有感官去体验这样的空间的机会。当人们知晓了祖先渡过的种种艰难险阻后，就会觉得自己也能冷静面对时代的挑战——尽管得在财务方面保持必要的警惕。20世纪70年代末，施塔德行政区被划归到吕讷堡行政区下，许多重视地方文化的家庭离开了这座城市。过往的动荡如今已经得到了控制，所以科勒-杜威夫妇并不缺乏应对未来动荡的信心。他们也不缺乏幽默和自我讽刺——他们的祖先海因里希·布雷默显然也具备这些有益的特征，当被顾客问及圣诞节销售结束后书店有什么活动安排时，他总是带着无辜分分的表情回答："哎呀。我们要拍一上午苍蝇，下午情况会变得更糟。"

　　斯蒂芬·萨姆特雷本、伊丽莎白·罗切斯和海德·科勒–杜韦是截然不同的人物，他们书店的环境也大相径庭。他们所共有的只是对于顾客需求的敏锐嗅觉。是的，有些人是多年的老主顾，从未在其他地方买过书。但也有一些走马观花的客人——第一次踏入神圣殿堂的新人，他们必须在几秒钟内被展示的商品和书商的表现所折服。

　　对了，我本人就是一个很随意的顾客。只要走进书店，没有什么要紧事，我就只想一个人静静地待着，而不是被一句冒失的"您需要帮助吗？"所困扰。书商可能会给我一个友好而谨慎的眼神以示欢迎，几乎像是在恭候着我一样；他可能会与我保持距离，表现得好像会盲目地信任我，不再关注我，但与此同时一定紧张得要命，并伺机而动。作为一个心思简单的顾客，我或许下一秒就会渴望他迅速跟我攀谈起来，为我出谋划策。那些想在自己的营业场所长久地见到我的书商，必须凭直觉来感受这一点，并等待合适的时机来接近我。在随后展开的一场不拘礼节的、以相互尊重为特点的非正式谈话中，书商最好不要求助他的电脑，而是要低调地证明他的能力，并且能够回答我所有关于早已绝版的书籍的问题。毫不掩饰地讲，没有什么比遇到一个向我暗示自己应该被聘任为日耳曼学教授的书商更让我讨厌的了，这种人的能力其实仅限于评判当下文学作品（大多非常糟糕）的质量，却把所有的专业文学评论家当作傻瓜。

我不喜欢这样，所以不进这种书店，这也是为什么在20世纪70年代，彼时位于柏林的卡梅尔大街的作家书店（Autorenbuchhandlung）很快失去了我这个顾客。每当我走进这家分类精细的书店，例外地对纪尧姆·阿波利奈尔（Guillaume Apollinaire）、赫尔穆特·海森比特尔（Helmut Heißenbüttel）或弗吉尼亚·伍尔芙（Virginia Woolf）没有任何欲望，而只想买一本简单的消遣小说时，都会被高知识水平的销售人员施以破门律 ①，他们不是直接用言语惩罚我，而是向我投来深深的鄙夷眼神，简直像是我在要求购买廉价的儿童色情作品一样。这实在是太过分了，我终于忍无可忍，从此改去弗里德瑙区的沃尔夫图书室（Wolff's Bücherei）买书了。顺便一说，作家书店如今的管理层焕然一新，气氛也轻松多了。它位于"萨维尼广场"城市快铁站的入口处。当我重返柏林时，它赢回了我的光顾。

现在回想起来，我对自己在图宾根读大学期间常去的一家书店依然赞不绝口。花园街上这家有点儿僻静的书店离奥西安德书店和加斯特尔（Gastl）书店不远，由一对夫妇经营：男店主是一个有文化的男人，披着艺术家气质的蓬乱长发，鹰钩鼻，嘴边总是挂着"阿多诺 ②说过……"；女店主则是一个务实的女人，梳妆打扮都是常人的风格，能很快知晓我需要何种帮助，只是不怎么了解阿多诺。

如果你有时间与男店主进行复杂的讨论，那么无论

---

① 即"开除教籍"，此处为诙谐说法。
② 指德国哲学家、社会学家西奥多·阿多诺（1903—1969）。

话题是围绕法国当代哲学，还是某位被遗忘的文学大师，你都会得到很多启发。与男店主交谈需要花费时间，试图打断他的滔滔不绝是不现实的，因此，作为一个彬彬有礼的人，我经常在他的书店里待上很长时间。如果只是想快速地选购一本书，不妨在合适的时候委托女店主，她善于揣测顾客的心思，能迅速完成销售流程。他们二人都深谙如何说服你购买一本你之前从未考虑要买的书——这也是他们高超职业技巧的一部分。所以没过多久，我就成了鲁道夫·克劳斯（Rudolf Krauß）的《施瓦本文学史》重印本的主人——这个亚麻布面装订本当时要价 80 马克，实在是太贵了。回到家后，我严肃反思了这次购物。

显而易见，对书商的职业要求是很高的。除了专业能力外，他们还需要深谙社交，以此应对一些十分讲究的顾客。诚然，公交车司机、二手车商和摊贩也要适应他们的客人，对各种怪癖心中有数，有时还要预先察觉对方的期望。例如，一个有经验的肉店女售货员可能会遇到这样的情况：一位顾客想要特定部位的牛肉，却说不上部位的名字。在这种情况下，体贴的售货员就有必要走近顾客，询问其准备采用的烹饪方法：这块肉是打算煎、煮还是炖？也就是说，要多花一些时间，才能使与顾客的交谈结果让双方都满意，并确保顾客家的周末餐桌上出现一道美味的牛肉。

尽管如此，我想强调的是，在图书交易中——大型建材市场里售卖的图书除外，咨询在那里是一个陌生的词，唯一的顾客接触发生在结账时——潜藏着特殊的挑战。草饲牛牧区的数量再多，也不足以与图书品类的数量相比①。如果顾客在进店时就知道自己想要什么，明显地示意店员走过来，一并准确地说出作者名和书名，那就省事多了。这是幅轻松的场面，可惜不是常态。因为有意向的购买者往往很茫然，摸不清自己是要买这本小说还是那本，记不清要买的某本书封面上画着哪种动

---

① 作者使用了表达"不足以战胜"含义的习语"Dagegen ist kein Kraut gewachsen"（长不出针对这种问题的草药）开了一个双关玩笑。

物了，作者的姓氏好像是以"A"又好像是以"E"开
头的……

　　以下是为所有老练书商所珍藏的一句信条：琢磨顾
客寻找的是哪本书时，作者名和书名听起来越是奇特，
这个过程就越是费劲。在日常工作中遇到这些时刻，书
商需要极佳的心境，才能与顾客就该作品究竟是什么而
进行让双方都不会感到尴尬的讨论。情况类似过去的唱
片店：当不懂音乐的顾客开始哼唱一首自己不知道名字
的歌曲前奏时，他理所当然地认为销售人员会在几小节
后认出这必定是珍妮佛·拉什或"西蒙和加芬克尔"组
合的新单曲。

　　几年前，杰拉德·奥特伦巴（Gérard Otremba）在其
引人遐思的回忆录《书商的秘密笔记》和《书商生活的
又一天》中描述了自己与顾客展开曲折对话的生动例子。
比如，并不是所有顾客都能不假思索地说出彼得·霍格
（Peter Høeg）那本题名奇特的畅销书《斯米拉小姐对雪
的第六感》[1]，所以书商奥特伦巴没过多久就记住了以下

---

① 该书的德语版译名为"Fräulein Smillas Gespür für Schnee"，
台版中译名为《雪中第六感》。

变种："穆勒夫人对冬天的感觉""穆勒小姐与白雪""爱丽丝·米勒在雪地里的足迹""弗劳克·斯米拉闻到了雪的味道""雪中的斯梅拉达小姐""来自微笑：去年的雪""X小姐知道雪什么时候会下""西莉亚斯小姐和她对雪的喜爱""斯米拉小姐在白雪中的浪漫关系""斯米拉小姐为雪付的钱""穆勒夫人扫雪""斯米拉小姐对于安慰的第六感"。

彼得·霍格的"雪之书"当然不是个例。尼古拉斯·埃文斯（Nicholas Evans）的《马语者》也引发了错综复杂的麻烦。据奥特伦巴记载，"马的信仰治疗师""耳语骑士""窗语者""胡椒语者"或"马侦探"都在营业期间出现过；罗伯特·施耐德（Robert Schneider）的《沉睡的兄弟》则被创造性地重新命名为《弱小的兄弟》《无眠的兄弟》和《沉睡的粉末》。几乎每个热卖季都为这样的标题杂烩提供了温床，简直是在要求书商具备侦探的素质。最近，乔纳斯·乔纳森（Jonas Jonasson）的《爬出窗外并消失的百岁老人》在偏题程度上堪与"斯米拉小姐和雪"相媲美。仔细想想，即使是"本哈德·施林克（Bernhard Schlink）的小说《奥尔加》"这样看似简单的例子，其出售也未必一气呵成——书商首先要弄清楚顾客想要的"布尔加特·施林克的'风琴（Orgel）'"可能意味着什么。

尽管有购买意向的顾客时常会表现出种种困惑，但一般来说，进入书店的人都是有意进入书店的。然而就连这一点也并非确凿无疑，正如莱纳·舍茨（Reiner Scherz）在他的作品集《这儿也有书吗？》中列举的一位书商经历的奇事。他的记述令人印象深刻：一位顾客进入店内，不确定地环顾了一下四周，然后提出了一个惊人的问题："这里是家禽专卖店吗？"尽管考虑到家禽专卖店在过去的四分之一个世纪里变得越来越少了，人们还是更想知道，在寻找用来炖汤的母鸡时，面对马丁·瓦尔泽（Martin Walser）[1]的平装书，这位女士会产生怎样的想法。

可以看出，很多顾客在交易中都是带着预期和要求的。一句简单的客套话"我叫伊冯·普夫莱德雷尔，我能为您做什么"是不够的。书商是心灵服务者、垃圾

---

[1]　作者以该作家为例是因其十分高产且作品名引人注目，如《屋顶上的一架飞机》《惊马奔逃》《恋爱中的男人》等。

槽、信息提供者、文学专家、狗鼻子和心理学家。当顾客在谈话中固执地把"评论"（Rezension）说成"衰退"（Rezession），被自己的傻里傻气激起对未来的恐惧时，书商绝不能摆脸色。

让我们来谈谈本章的最后一点，一个微妙的话题：图书交易中的情欲。众所周知，无论人们在哪里打交道，都会涉及情欲，有时是公开的，有时是隐蔽的。为什么我们宁愿在这家面包店里买吃的，而不是那家？为什么在超市结账时，我凭借着自己前瞻性的情商，宁愿去那个收银台也不愿意去这个？也许，是因为有一个微笑、一个眼神在那里等着我，在其他的面包店或收银台则没有？这样的感官因素在哪里引起共鸣，哪里的销售额就会增加，这一点已经得到了科学的证明。所以，书店老板们通常很清楚该把哪位员工安排在哪里，哪位销售员能凭借其显著的魅力来保证星期六上午的营业额达到一周最高。面对传统零售业的这种优势，互联网交易至今仍力有未逮——无论亚马逊如何巧妙地试图在我打开其主页的时候欢迎我。情欲的因素在那里趋近于零。

我如今在想，我的启蒙书商卡门·塔布勒当时难道不知道她对自己的男性顾客（包括涉世未深的中学生）有什么影响吗？她可能不会公开承认，因为在一家政治性的书店里，这种粗野的理由无处安放。即使在今天，人们也要谨慎行事，以免陷入性别歧视的范畴。但是，我们不要自欺欺人："性打开销路"，这条帮助米歇尔·维勒贝克（Michel Houellebecq）和夏洛特·罗什（Charlotte Roche）的书声名鹊起的真理，在适度的前提下，几乎适用于每一次顾客谈话。多年前在汉堡一家连锁书店的市中心分店里，不是有一位黑发女销售员，至今仍为本地老书迷所津津乐道吗？一个自信满满、笑容灿烂的年轻女人，是免不了顾客（特别是男人们）在她身边轻车熟路地转来转去的——他们不正像我对卡门·塔布勒那样，等待着她从谈话中抽身的时机吗？接下来就是迅速地接近她，并发起一场细致详尽的攀谈，而这般举动不得不导致一次出手阔绰的消费——否则也没有什么是能为她做的。不错，很多顾客都认为："她只跟我有眼神接触，基本上只想为我服务……"每个如此自言自语的人都在店里掏了腰包。这位黑发姑娘，这个顾客耳边的低语者，善于推销雷克拉姆出版社的每一册书，仿佛那是些全新的、内容十分露骨的《爱经》导读一样。如果你想把谈话拖得久一点儿，就让她向你展示和介绍《少年维特的烦恼》或《阴谋与爱情》的所有在库版本好了，哪怕你根本就不认识"Kabale"（阴谋）这个词……

书店就这样成了情欲蛰伏的地方，尽管带着性别上的不平等分布。不可否认的是，在这一领域工作的女性远远多于男性——正如某些文学体裁例（如通俗小说）的女性消费者多于男性一样。所以，即使我们假设，至少在未来几年内，同性亲密关系还不会像异性的那样普遍，单身女性进入书店遇到一位令其一见钟情的男书商的概率依然堪比大海捞针。培养更多有魅力的、聪明的男性，可以毫不费力地谈论朵拉·埃尔特（Dora Heldt）、卡门·科恩（Carmen Korn）或安妮·霍尔特（Anne Holt）[1]的新书，将本已占据主导地位的女性顾客更有力

---

[1]　三人都是以女性为受众的女性畅销小说家。

地捆绑在本地零售业中——在这方面还有很多工作要做。

无论如何，在雷克拉姆和集优（Gräfe und Unzer）[1]的货架之间建立短期或长期联系的可能性比人们想象得要大。孤独的男顾客盼望着接近女书商的机会。女同事与男同事，就像施塔德的绍姆堡书店中的一样，不仅仅停留在专业交流的层面。而在其他地方，未来可期的男作者们在阅读饥饿的驱使下，对偏好的女书商产生了偏好以外的感情。安德烈亚斯·迈尔[2]曾经是弗里德贝格[3]的宾德纳格尔（Bindernagel）书店的常客，他曾为此唱过一首歌："1983年夏天，我爱上了书商的女儿。我的初恋。……我对她的爱以必然的痛苦结束。无论如何，痛苦是最好的，也许是写作的唯一前提。不是说人们应该描写痛苦，那么做通常会让你一无所获。但这种痛苦，总是在幕后糟糕的哭闹纠缠中走向升华。然后，一切通常都会好转。于是，书商的女儿成了我生命中的缪斯。

---

[1]　位于德国慕尼黑，是闻名欧洲的非虚构类图书出版社。作者将其与经典文学出版社雷克拉姆并列，意在表达即使阅读取向迥异的男女也有可能互相吸引。
[2]　Andreas Maier（1967—　　），德国作家，以自传体小说见长。
[3]　德国黑森州的一个市镇。

如今，她经营着这家书店。"

噢，对了，最后但并非最不重要的一点是：虽然现在流行的主要是通过网络来结交新的朋友，以聊天的方式来接近彼此，但我们强烈建议有兴趣结缘的人时常去不错的书店逛逛。据说在谈论丹尼尔·凯尔曼或尤丽·策（Juli Zeh）新作的过程中，顾客之间会发生某种与动因不相干的事情。有时，正如费莉塔斯·霍普所说的那样，出现了一些完全脱离文学的东西："没有什么比带着 50% 的失望碰运气购物更妙的事了。我遇到一个在世界地图上找不到澳大利亚的男人，抓住了那 50% 的幸福：我也找不到澳大利亚。我们决定去另一个国家，然后一起离开了那家百货商店。"

# 第三章　理想书店面面观

　　当然，众口难调。一家完美的书店看上去如何，任谁也不能明确回答。它可能是斗室一间，也可能有几层楼高；可能是施瓦本人秩序感的发源地，也可能反映出所有者头脑的不拘一格，甚至混乱无序的内心生活。所有这些特征都可以吸引访客，只要他们感受到点滴才智，只要他们看到家具陈设没有墨守成规，或者宣传没有仿效看似无懈可击的营销策略。所以，尽管"理想"这个定语很难具体化，我还是想做一个尝试，对这个不会把卖书等同于卖五连包袜子的行业提出几点要求。

　　书店是环绕着光晕的场所，至少让我们说，是一个不寻常的、显眼的、让人得以自我保存的地方。多年来，作为出版社社长，我总是在露天场合发表即兴演讲，

强调固定零售价格 ① 是德国最后的高贵资产之一，必须不惜一切代价加以保护，以保证国家的文化生产和书店行业的存续。就这种内在联系而言，我过去从来没有提到过的是：这也意味着，拙劣的吸血鬼小说、彼得·哈内 ② 在意识形态方面的思考、苏珊娜·弗洛里希 ③ 的作品以及《如何照顾自己的豚鼠？》等生活类图书会不可避免地被划入文化成就的范畴……

　　然而，书店既不是美妆折扣店，也不是廉价精品店。这里卖的是书，是精神产品，除了上面提到的那些，还可以追溯至历史的最初时期。弗朗茨·贝肯鲍尔 ④ 的畅所欲言在很长一段时间内都充当着各种信息的引用来源，他曾说："我最近读了《苏菲的世界》这本大部头的哲学

_____

① 　德国于1888年开始实行图书定价政策，2002年出台固定书价法，规定在德出版的图书及相关产品于出版后18个月内禁止改变固定零售价格（残损书和二手除外）。该法将图书视作具有特殊地位的文化资产，通过阻止价格竞争，达到保证图书多样性和销售渠道多样性等目的。
② 　Peter Hahne（1952—　），德国新闻主持人、政治类畅销书作家，其观点被认为带有民粹主义倾向。
③ 　Susanne Fröhlich（1962—　），德国女性生活指南类畅销书作家。
④ 　Franz Beckenbauer（1945—　），以绰号"皇帝"享誉世界球坛的德国足球运动员、教练，也担任过电视主持人和报纸专栏作家。

书。苏格拉底、柏拉图、亚里士多德——这些人在两千年前就开始思考了，而其他人当时还坐在树上，对野猪提心吊胆。沧海桑田，这种差距并没有缩小多少。"从这一见解出发，书店应该在某种程度上显得与遥远的亚里士多德、柏拉图，或者至少是《苏菲的世界》存在关联。因此：

一家书店不一定要像世界图景（Weltbild）的[①]分店一样，供应"最低两折的便宜货""9.99 欧元的带 LED 蜡烛的玫瑰花环装饰""3.95 欧元的三件套饼干创意模具"，以及像苏珊·马勒瑞（Susan Mallery）的《城市，男人，吻》《我感觉到了一些你看不到的东西》这样的双册装特价爱情小说，仅售 8.99 欧元（"立省 55%"）。维基百科上说，苏珊·马勒瑞是一位畅销书作家，她"围绕定义女性生活的各种关系——家庭、友谊、爱情，创作了150 多部温馨幽默的小说"。好吧，真是相见恨晚，一些女性如此回应道。

在美学方面哪怕有一丁点儿考量的书商，也必定会

---

① 出版商和媒体零售商，位于德国奥格斯堡，在德国、奥地利和瑞士有上百家门店。

按照"少即是多"这一近乎铁律的指导原则来安排他的店面装饰。橱窗不必像新联邦州 ① 餐馆里的烤盘一样装饰得过于华丽。我举一个警示性的例子：离我在汉堡的第二套房子不远的地方有家眼镜店，店老板有一个女朋友，想必是在射击课上学到了室内设计技巧，从那时起，眼镜架被她插到了园艺工具、溜冰鞋或钓具上。我拒绝这种现代性的花里胡哨，回避用煮锅、橄榄油、国旗、索菲亚·罗兰的海报、阿德里亚诺·塞伦塔诺的唱片和尤文图斯或都灵足球队的照片来装饰其"比萨意面窗口"的书店。

吸引过路者的未必是令人目眩的富丽堂皇。低调和质朴往往收效更大。弗赖堡的书商施瓦茨邀请我参加新店开幕式时，10 本托马斯·伯恩哈德 ② 的小说《毁灭》是橱窗里仅有的东西。而当我在科隆的"戈德施泰因街"（Goltsteinstraße）书店介绍我翻译的皮埃尔·博斯

---

① 两德统一时从原民主德国加入联邦德国的五个州。

② Thomas Bernhard（1931—1989），奥地利作家、诗人，毕希纳奖得主，以充满批判性的本土文化观著称，被认为是二战后最重要的德语作家之一。

特（Pierre Bost）的小说《破产》时，"破产"这个词被全字母大写地展示在了橱窗的外缘——这个冒失的宣传手段导致顾客们揪心地联想到了最糟的情况，拥进了书店……得知喜爱的书店并不准备关门大吉，这让他们松了一口气，或许也激发了他们后续的购书冲动。顺便一说，在博斯特的小说中，主人公是一个糖果制造商，他逐渐毁掉了他的公司和他本人。

在入口区域，我希望受到诱惑，而不是被提醒注意那些书籍的时效性。因此，看到所谓的现代古书店时，我苦恼不已。愉快地走进一个充满知识多样性的场所时，我不想立刻撞见垃圾书和廉价书——多余和便宜是它们被购买的唯一原因。不过这并不是说，我想在离门槛两米近的地方就看到克洛普施托克①。没必要做过火。

我想收到书商的邮件和业务通讯吗？几年前我会坚决做出否定回答，因为我习惯拒绝任何不经询问的打扰，尤其是来自保险公司或金融服务商的。不过，如果书商

---

① Friedrich Gottlieb Klopstock（1724—1803），德国诗人，感伤主义文学的重要代表作家。

是用电子邮件向我预告精选的读物，以免我错过它们，我会变得更加宽容，也愿意接受。具体如何看待这个问题，因人的脾气秉性不同而大相径庭。有一些零售商，不是把"通讯"一词当成了某种邮局的新产品①，就是全然不知该将其发给谁。还有一些则得心应手地通过即时通讯软件、社群网站、图片视频分享软件和博客来联系顾客，简直就像在书商学校接受过专门培训一样。

我承认，我订阅了位于下萨克森州奥斯特霍尔茨-沙姆贝克的"奁"书店（Die Schatulle）的特别服务。该书店在 2017 年被评为德国最好的三家书店之一。它的经营者、个性鲜明的姐妹尤特和萨比内·加特曼想出了制作手机视频并将其发布在个人主页或视频分享网站上的点子。姐妹俩在这些被称为"周四电影"的视频中以轻松的聊天形式展示新出版物。这些非常规的广告没有一则持续时间超过 60 秒，它们之所以如此有说服力，是因为"演员们"从不试图拿腔拿调。

噢，对了，我差点儿忘记这句话："像样的书店一

---

① 业务通讯（Newsletter）是一个外来词，直译为"新闻信"，故可能引起误会。

定是井井有条的，而不能像美妆店或文具店一样引人困惑。"小说在这儿，非虚构类在那儿，装饰精美的图册背后是平装书；所有书都按照字母顺序排列得当。然而就我所知，这已经不再是通行的排序法了。正如同我对于这个世界的看法：并不是每个人都偏好秩序，乱中生巧的反例也并非没有。也就是说，不是每家像样的书店都得井井有条……

20世纪80年代，魏泽氏宫廷书店（Weise'sche Hofbuchhandlung）坐落在斯图加特的国王街，它起初吸引我的原因仅仅在于它的名字。就店里的分类系统而言，那里存在——客气地说——某种程度上的自由放任，让我获益匪浅。当时，我正开始更为深入地接触斯图加特作家赫尔曼·伦茨的作品，并寻找其作品的初版。从1961年到1973年，伦茨的小说都由科隆的黑格纳（Hegner）出版社[1]出版，由于魏泽家族十分抗拒将书上架后再收起来或者放进地窖的做法，所以当我置身书店一楼时，我简直不敢相信自己的眼睛。在房屋的中心位

---

[1]　今属德国科隆的 J. P. Bachem 出版社。

置，我见到了伦茨的初版作品，它们看上去已经被搁在原地 20 多年了，用薄薄的浅灰色半透明纸包裹着，在我到来之前，显然没有人拆过，哪怕碰过。就这样，《施毕格许特》和《其他日子》的第一版被我收入囊中。这段经历尽管让我很高兴，但当时就向我抛出了一个疑问：这样的经营行为是否真的有益于企业的生存？

斯图加特似乎一直是不拘一格者的庇护所。至今享有传奇般声誉的温德林·尼德利希（Wendelin Niedlich）自 20 世纪 60 年代初到 1998 年在施马勒街经营着一家非常特别的书店。尼德利希把文学和政治联系在一起，将他的场所向马克斯·本泽 ① 和赫尔穆特·海森布特尔 ② 等先锋派人士开放，而且不可避免地吸引了许多以先锋派自居的人。尼德利希对传统的、易于理解的产品陈列热情不大；作家奥托·马奇（Otto Marchi）将他所发现的景象描述为"井然有序的混沌，其中包括扬德

---

① Max Bense（1910—1990），德国哲学家，以力图取消人文学科和自然科学思想的分化而著称。
② Helmut Heißenbüttel（1921—1996），德国作家，毕希纳奖得主，其文学批评多涉及对语言特性的讨论。

尔 ① 和梅吕克 ② 小巷、一座阿赫特恩布施 ③ 金字塔、布莱希特（Bertolt Brecht）大道、恩岑斯贝格尔 ④ 大楼、乔伊斯（James Joyce）塔以及一座高于一切的罗伯特·瓦尔泽 ⑤ 山"。

尼德利希在他的店里举办艺术展，并通过书店橱窗大力反对 1980 年联邦议院选举中的总理候选人弗朗茨·约瑟夫·施特劳斯 ⑥。赫尔曼·伦茨绝不算是先锋派，但也以好奇旁观者的身份参加了尼德利希的朗读会。他在自传式的"欧根·拉普"系列小说中对此有所描述。书商尼德利希拥有献给自己的纪念文集——他的哪位同行能获此殊荣呢？ 2005 年，斯图加特文学之家甚至为他举办了一个展览。

---

① Ernst Jandl（1925—2000），奥地利作家、诗人，毕希纳奖得主。

② Friederike Mayröcker（1924—　），奥地利女诗人，毕希纳奖得主。

③ Herbert Achternbusch（1938—　），德国作家、画家、导演，作品具有强烈的超现实主义和实验性。

④ Hans Magnus Enzensberger（1929—　），德国作家、诗人，毕希纳奖得主。

⑤ Robert Walser（1878—1956），瑞士作家，毕希纳奖得主，以文学评论性质的小品文章为创作特色。

⑥ Franz Josef Strauß（1915—1988），原联邦德国右翼政治家，曾任巴伐利亚州州长。

让我们继续说说非书产品，对于这个词，温德
林·尼德利希至多只会以冷笑回应。他充其量可能会被
汉堡奥滕森区的克里斯蒂安森（Christiansen）书店所吸
引，因为该书店在 2014 年获得了"汉堡书店奖"。克
里斯蒂安森有一个非常特殊的非图书区：需要取暖的
顾客可以定期购买来自梅克伦堡 ① 的风干木柴，这种木
柴——有兴趣的朋友可以当作参考——残留的水分低于
20%。价格很实惠：60 升袋装的山毛榉木或橡木是 9 欧
元，而 45 升袋装的桦木或白杨木是 6 欧元。框架条件毫
不含糊："4 袋起在阿尔托纳区免费送货，不满 4 袋收取
5 欧元运费。交付在平地上进行。商定价格后，只有 45
升袋装可以应要求运到更高的楼层。"

图书交易不单单是书本的交易，这早就不是什么稀
奇事了。为了吸引新的顾客，创造销量的新高，我们扩
大了产品种类——首先是与阅读和写作相关的产品。或

---

① 德国北部的一个历史区域，位于梅克伦堡-前波美拉尼亚州的
西部。

多或少带有独创图案的明信片、书写用具、文具和笔记本（不一定非得是 Moleskine 或 Paperblanks 的产品）是必备的；任何销售儿童和青少年图书的人也都乐意销售与《长袜子皮皮》《大盗贼霍岑普洛茨》《哈利·波特》或《三个小神探》相关的畅销产品。在重大足球赛事期间，足球钥匙扣、纸牌游戏、德国国家队纪念品会与专业书籍一起出售。

　　就非书产品而言，几乎不存在任何想象力的限制。歌本拉特（Coppenrath）[1] 和科斯莫斯（KOSMOS）[2] 这样的出版商冒着所有风险和负面影响，孜孜不倦地将与书无关的东西纳入生意。在一些地方，要想从所有的架子上和抽屉里的杂物中间找到书籍，还真需要动动脑子。并非所有的书商和布置人员都品位极佳，所以有些书店看起来像是廉价商店甚至一元店，招致了不少反感。敏感的读者不会被这种地方吸引，他们自有判断标准。正如安妮特·潘特 [3] 在其对弗赖堡的家庭与宫廷书商施瓦

---

[1]　位于德国明斯特，主营儿童和青少年图书以及非书产品。

[2]　位于德国斯图加特，主营自然科普图书、童书、儿童科学实验套装和桌游。

[3]　Annette Pehnt（1967—　　），德国作家、文学学者。

茨的悼词中所言："除了书以外，没有任何破烂，没有礼物盒和钥匙链，没有毛绒动物，没有背景噪声。柜台旁边时不时摆着一篮苹果和一只烧好水的俄式茶壶。在这家书店里没有可以偎依或翻找的东西，一切都纤尘不染，也不为疗愈心灵而设。"

非书产品与书的关联性有近有远。很多书店都供应葡萄酒，这并不奇怪，毕竟文学与酒关系密切，对作者和读者皆然。以活到了高龄 102 岁的作家恩斯特·荣格（Ernst Jünger）为例，众所周知，他每天都会喝光一瓶红酒。不过，效仿者还应该注意到，荣格每天早上洗冷水澡，并且坚持跳绳锻炼。正如托比亚斯·维姆鲍尔[①]记述的那样，荣格也是为数不多的设计过酒标的作者之一。他为一款 1985 年份的薇尼罗酒庄红酒附上了手写的文字："我再也不会不绕道薇尼罗酒庄便穿越心爱的普罗旺斯。那里培育的红酒可以将散文升华为诗歌。恩斯特·荣格。"遗憾的是，这段文字发表物至今没有出现在荣格的作品目录中。

---

[①] Tobias Wimbauer（1976—    ），德国文学记者、古书商，被称为"恩斯特·荣格生活的侦探"。

葡萄酒也潜入了弗赖堡书店"到韦茨施泰因去"（Zum Wetzstein）的精致氛围中，这家书店长期由温文尔雅的托马斯·巴德主理，在他去世后由其妻子苏珊娜经营。当从奥地利度假归来的顾客请求托马斯·巴德供应施陶德公司的美味果酱时，他二话不说，就把维也纳杏酱放到了艾伦伯格（Wolfram Eilenberger）、霍利曼（Thomas Hürlimann）和波拉尼奥（Roberto Bolaño）之间。如果这还不够古怪的话，韦茨施泰因出售的那种圆形玻璃瓶里装的是马麦酱，一种在英国非常流行但在德国颇具争议的酵母涂抹物。"多达"30位的马麦酱爱好者有时会在圣诞购物季来此囤货，其中一两个人很可能捎带上艾伦·贝内特（Alan Bennett）的《非普通读者》——向走上文学之路的女王伊丽莎白二世致敬的作品；或者简·加达姆（Jane Gardam）的"邋遢佬"三部曲——还有什么比这更好的赠予喜爱英伦文化的友人的礼物吗？与店名相映成趣的是，这里还有用途一点儿也不含蓄委婉的磨刀石[①]（法国产的人造磨刀石）可供购

---

[①] Wetzstein 一词的本义是"磨刀石"，也是德国一座山的名字。

买，售价 10 欧元。其中一块在我的办公桌上摆了很久。

位于木材市场的奥西安德书店图宾根分店供应的非书产品，打破了人们对该企业的印象。自 2018 年 5 月以来，那里成了"凉快一下"的好选择——不仅意味着可以读到卡伦·杜芙（Karen Duve）的《浪漫圈套》[①] 或克里斯托弗·兰斯迈尔（Christoph Ransmayr）的《冰与暗的惊骇》，还可以花 1.30 欧元得到一勺冰淇淋——由成功卫冕的冰淇淋世界冠军品牌 Giovanni L. 制作，奥西安德赢得了它的特许经营。需要提醒各位的是，这里的"豪华意式冰淇淋"是在临街窗口出售的。如果人们被容许一手拿着融化欲滴的"椰子之吻"口味蛋卷冰淇淋，一手翻阅全新的绘本，那就更"好"了。我猜测，在德国的某个地方，已经有一家书店提供咖喱香肠配薯条了，当然也是通过临街窗口。Giovanni L. 在全球有 200 多家分店，其中一些在沙特阿拉伯。扩张中的连锁书店奥西安德与之相比还差得远呢。

既然我们谈到了特别的附加业务，那么纽伦堡是

---

[①] 原书名为 Regenroman，直译作《雨小说》。

很值得一看的。该市的领头羊是坎普书屋（Buchhaus Campe），自2004年起隶属于塔莉亚集团。它由萨宾娜·扬森经营，坎普能从塔莉亚千篇一律的店面中脱颖而出，与扬森的前任汉斯·施密特有很大关系。施密特于2015年退休，作为行业中最具创意（也最成功）的代表之一，至今仍为人们所怀念——我们有足够的理由在这里介绍他和他的理念。

我对伟大文人的石膏半身像通常兴味有限。然而有这么两尊雕塑，多年来一直立在我的书房里：一座遍体通红，是弗里德里希·席勒，来自雷克拉姆出版社的馈赠；另一座通体白色，就是出版人兼书商弗里德里希·坎普（Friedrich Campe），这是他的后继者汉斯·施密特于1999年送给我的，那时他正在纽伦堡的坎普书屋庆祝坎普的222岁诞辰。当年，我们为同一家雇主——甘斯克（Ganske）出版集团①工作。我一度想不明白，此人何故对整数周年纪念日这般不屑？

汉斯·施密特始终是这个行业中不可或缺的人物。

---

① 总部位于德国汉堡，主要从事图书和杂志出版，以旅游、饮食、生活方式为重点，面向高端市场。

尽管从外表上看，这个土生土长的弗兰肯[①]男人并不在那些打扮精致的图书经理之列，而后者似乎在时装折扣店或汽车交易中亦能大显身手。施密特分外显眼的特征在于那一头灰白色的卷曲长发，总是被他扎成一条辫子，但这可不是他成为鲤鱼塘里的梭子鱼[②]的原因。真正的原因在于他身上散发着的贯穿身体每一根纤维的激情，一种催生出经营战略的激情，这将"他的"坎普书屋变成了一座值得反复探索的胜地。

这位训练有素的前木匠曾在福希海姆和克洛纳赫的教堂图书馆和书店工作过，1990年来到纽伦堡建立并经营起坎普书屋。"为爱书人提供的屋子"——这就是他想提供的服务。为了实现这一目标，他和他的生意伙伴兼生活伴侣萨宾娜·高迪茨不断挖掘新的理念，而不满足于复制既定的竞争策略。例如，坎普的圣诞装饰品一向享有传奇般的声誉；管理层致力于优化其"空间-品类-员工"的神奇三角。"如果大家都这么做，我就换一种

_____

① 德国的一个历史区域，涵盖纽伦堡所在的巴伐利亚州北部。外界对弗兰肯人的刻板印象通常是好奇心强、有创意、缺乏亲切感、不善沟通。
② 梭子鱼以鲤鱼为食，故此表达有"独占鳌头"之意。

方式来做。"这是施密特的座右铭之一。曾在 2012 年被《图书市场》杂志评选为年度最佳书商的施密特从不畏难，甚至当坎普书屋被卖给塔莉亚集团时——这让很多人感到震惊，因为他们担心自己熟悉的店面会从此失去独立形象，泯然于单调的连锁店中——也没有退缩。施密特克服所有阻力，带领这家如今占地达到 3600 平方米的书店登顶了塔莉亚的销售额排行榜。员工必须表现得像他所引用的老话那样，"眼睛要闪闪发亮"，因为只有如此，这光芒才能日后反映在顾客的眼睛里。

与汉斯·施密特交谈对我来说始终是一件乐事，不论是关于图书贸易还是他从不间断的旅行欲（他在中国待过 5 个星期）。离开位于纽伦堡卡洛林街的书店办公室时，他并没有退休。他通过自己于 2001 年成立的咨询公司 Arte Perfectum，和萨宾娜·高迪茨在纽伦堡及其之外的地区继续大展身手。汉斯·施密特，这位可爱的非正统派，当然手不释卷。12 岁时，他得到了鲁道夫·阿道夫（Rudolf Adolph）的作品《书癖》——一位书迷的藏书纪要，其显眼的副标题是"给所有与书打交道者的完全手册"。如果读一读阿道夫在那时候写的《赞美书商》

一章，我们似乎一下子就能理解汉斯·施密特毕生的动力："因为很少有职业能像书商那样让人敞开心扉。当然，他必须知道如何正确对待买家。正确地待人接物，是从事这个行业最基本的前提，这样才可能让所有相关者获益。"

对于塔莉亚集团旗下的书店来说，广泛的非书产品是理所当然。然而，相比某些店面环境普遍缺乏对细节的关注，三层楼的宽敞空间在纽伦堡的这家分店里得到了充分的利用。为了避免带给顾客大到漫无头绪的印象，区域被巧妙地划分为"绿洲"和"壁龛"。但凡目光所及之处皆可落座休息：独立的岛状阅读区，配备滑梯的儿童游乐区，以及一处颇具神秘感的角落——柔软地垫围绕着一个巨大球体，缓缓旋转于其中的流水喷泉铺陈开来。到处都是庇护所，旨在消除逗留于冷冰冰的大卖场的感受。宽阔的过道通向各个品类区域，宽阔到足以让婴儿车如豪华轿车一般安然停放，不至于让母亲——来此读书的女性！——的购物之旅变为一种压力。

店内灯火通明，即便在相当安静的工作日，人们也能明显感觉到，坎普的顾客十分喜欢这片宽敞的场地及其细化的格局。读者随处可见，无拘无束、不急不躁地浏览着新出版物，就像在家里的沙发上消遣一样。一位年轻的、显然来自法国的女士，背着包缓缓坐到扶手椅中，请一位店员推荐可能适合她的文学作品。不多久这些作品就堆在了茶几上：弗雷德·瓦格斯（Fred Vargas）、安娜·戈华达（Anna Gavalda）、让-克里斯托夫·格朗热（Jean-Christophe Grangé）。"还需要什么吗?"伴随着一声鼓励性的询问，坎普的员工在不影响客户阅读心情的前提下对其关怀备至。

　　购书的去处比比皆是，所以塔莉亚-坎普书店始终在尝试创造一些特别的东西，为各个楼层装配上引人注目的"魅力点"。去烹饪书区域的人，可以用奶酪刨丝器和混合香料填充自己的购物篮。如果你在（正变得越来越重要的）英文图书区寻找丹·布朗（Dan Brown）或约翰·班维尔（John Banville）的原版作品，将不可避免地发现一款店家精选的英国产黄油饼干。这边是文具，那边是香皂。在堆满大学教材和专业辞典的医学区，少不了一副真人大小的白色抛光骨架模型，它的名字叫斯坦，可以花195欧元买下来，至少在我上次来的时候是这样。其制造商承诺，肋骨的特殊安装方式能保证其极大的稳定性。如你所见，非书产品区开辟了无限可能。

最后但并非最不重要的是，人们购书后通常会把书带回家里，然而，有些人急急忙忙从家里出来时忘了拿纸袋，或者——如果我们是奥地利人——忘记拎上了他的 Sackerl[1]，所以购物袋自然也属于非书产品，只是没有得到相应的关注度。"您是拿着走，还是需要一个袋子？"这是句标准的服务用语。既然人们对过度使用塑料袋的批评越来越多，那么不妨借此调整一下品类，想出——按时下流行的说法——可持续发展的替代品，比如售卖自家的棉布或黄麻袋子，如果讨人喜欢，它们就可以成为书店的宣传媒介。

汉堡的黑曼（Heymann）书店选择了一款红色的

---

[1] 奥地利德语中的"布袋"。德国和奥地利的书店通常不提供免费包装袋。

袋子，远远看去就十分醒目。伦敦的但特书店（Daunt Books）在这方面做了更大的努力，他们的提袋早已不仅仅是一件储物用具了，而这要归功于一个幸运的巧合。那是在 2008 年，比利时明星模特阿努克·乐佩尔与她的未婚夫杰斐逊·哈克——超模凯特·摩斯的女儿莉拉·格蕾丝的父亲——在巴黎的杜伊勒里宫前被拍到。曾为资生堂、雨果博斯、香奈儿等品牌工作的乐佩尔，肩上挎的不是昂贵的名牌手袋，而是一个白绿相间的亚麻布袋，上面印着书店的门脸。任何人都可以在伦敦马里波恩高街的但特书店花 10 英镑买到这款环保提袋。多亏了乐佩尔女士，它从此被视为时尚的标志，网络订单遍布各个大洲。另外，但特书店目前还供应一款轻巧的棉布提袋（5 英镑）和一款儿童提袋（7 英镑），有四种不同的颜色。

在伦敦经营但特书店旗舰店的布雷特·沃斯滕克罗夫特饶有兴致地谈论着布袋以这种方式获得的尊崇地位。顾客一次又一次地发来照片，展示他们背着亚麻布袋在澳大利亚沙漠中或尼泊尔山脚下的样子。一袋行天下——这是几年前但特书店想在减少塑料袋使用的同时创造一个可识别又不太昂贵的营销工具时未曾预料到的广告效果。购物袋的意外风靡不止吸引了时尚界的关注。位于不远处莫克森街上的令人印象深刻的奶酪店 La Fromagerie 也曾用灰色布袋取悦过顾客一段时间：它与但特书店的提袋共用制造商，上面印着一头身材匀称的奶牛的剪影，并被宣传为"大小适中，专为轻松购物日打造：一瓶葡萄酒、一些奶酪和一根法棍面包"。

让我们在马里波恩高街多逗留一会儿，毕竟，但特书店无疑是欧洲最吸引人的书店之一。"为旅行者而设的但特书店"（Daunt Books for Travellers）是其开业于1990年的第一家店的名字，虽然店名后来被缩短，但这家企业专注于旅行的精神依然如故。第一次穿过棕色木拱门进入书店的客人需要花点时间辨明路径，才能走近核心位置。门口正前方的区域是为大众文学、童书和礼品预留的，然后是一条被精心布置的环形浏览线路。店家选品虽无精英主义色彩，但还是力求将——正如创始人詹姆斯·但特说过的——太多糟糕的书悉数剔除。某些流行题材被刻意无视了，因此，在朱利安·巴恩斯（Julian

Barnes）或安·泰勒（Anne Tyler）[1] 的小说中间寻找"苦难回忆录"流派的畅销代表作是一种徒劳。

　　总店的工作人员需要对合计 3 万多本图书进行管理，而分布在各楼层的旅游板块占据了其中很大一部分。这是根据绝妙的理念、以一种独特的方式组织起来的。它悉心照顾旅行者的需求，就像巴塞罗那的阿尔塔（Altaïr）书店那样。通过"通向按国家排列的图书"的提示语可以看出，文学、旅游指南和文化史都统一在相应的国家关键词下。因此，凡是想去奥地利旅游的人，一方面可以储备相关的词典或小酒馆指南，另一方面还可以考虑在行李中带上小说——托马斯·伯恩哈德、艾尔弗雷德·耶利内克（Elfriede Jelinek）或罗伯特·梅纳瑟（Robert Menasse）的作品。一楼是欧陆专场，二楼回廊则是为英国和爱尔兰保留的。最后，在宽敞的地下室里，"世界上其他地方"的书散布开来——借助赫尔曼·黑塞的《悉达多》英译本了解印度就是不错的选择。

　　但特书店的跨体裁理念让顾客屡受启发，从言情

---

① 二人分别为英国后现代主义文学作家和美国女性主义文学作家，皆为当代文学名家。

法国小说游走到布列塔尼骑行指南，寻找一个又一个灵感。回廊还提供了浏览古旧旅游书籍的机会，如马尔科姆·莱茨（Malcolm Letts）发表于1930年的《莱茵河上的旅人》等早已绝版的书籍。有鉴赏力的空间陈设在很大程度上保证了顾客在店内的长时间停留。门口威廉·莫里斯 [1] 风格的印花墙纸是一处惹眼之地，另一处便是上面提到的旅游书籍区所在的迷人回廊及其橡木书架，那些密集厚实的木质栏杆给人的感觉像是走进了一个大学图书馆的小型阅览室。日光从玻璃屋顶洒向室内。柳条扶手椅邀请人们检视自己的"最新发现"：我上次造访这里时，看到一位上了年纪的人在椅子里不声不响地坐了两个小时，似乎打算一口气读完杜鲁门·卡波特（Truman Capote）《应许的祈祷》的第一篇《原姿原态的怪物》。这个主意合情合理，因为外面正在下雪。

　　某些方面的进步发展对但特书店的业务产生了有利的影响。多亏了廉价的火车票和机票，人们比过去更加频繁地出行了，特别是年轻人——他们对心仪之地的兴

---

① William Morris（1834—1896），英国工艺与美术运动的领军人物，尤其擅长自然主义风格的纹饰设计。

趣可不是互联网信息所能满足的。此外，翻译活动的增加反映了这样一个事实，即越来越多世界主义的好奇心被激发，并希望得到满足。最后但并非最不重要的是，犯罪小说的流行势不可挡，而它们往往富于地方色彩，这就保证了侦探文学可以与旅行主题很好地结合起来。弗雷德·瓦尔加笔下的巴黎、让-克劳德·伊佐（Jean-Claude Izzo）的马赛、詹姆斯·艾尔罗伊（James Ellroy）的洛杉矶或唐娜·莱昂（Donna Leon）的威尼斯，都为我们打开了通往世界和文学的道路。

"一家好书店必须反映出顾客的需求，"沃斯滕克罗夫特指出，"不妨告诉这些通常十分挑剔的顾客，在但特买书是幸福的。"寥寥数语就总结了他们颇具前景的经营模式。当我坐在大街对面的咖啡馆里遥看这座典型的英式建筑时，我认为自己很幸福。当然，我身边也有一个白绿相间的"但特袋"。

所以，不论是在卡斯特罗普-劳克塞尔还是吕讷堡①，如果你想在周末购物时表现出低调的一面，就最好

---

① 前者是居民收入水平较低的鲁尔区城镇，后者是经济发达、游客众多的汉萨同盟城市。

提上这样的袋子去市场。作为替代，我们可以选择巴黎
的加里涅尼书店（Librairie Galignani）那些白红相间或白
棕相间的宽幅裁剪产品。这些带有彩色手柄的包包也闪
耀着克制的光芒，上面只印有地址"巴黎一区里沃利街
224号"以及杜伊勒里宫的拱廊，拱廊后面就是这家高
级书店。你没法在网上买到它们，但无论如何，这块巴
黎众多杰出书店中的瑰宝都是值得亲临的。让我们仔细
看看这里吧。

自1856年以来，加里涅尼书店一直坐落于里沃利
街。然而其起源可以追溯到1801年。在那之前，出生
在意大利布雷西亚附近的乔万尼·安东尼奥·加里涅
尼——一个发迹于1520年的大出版商和印刷商家族的
后裔——离开家乡去英格兰寻找财富，在那里娶了一位
印刷商的女儿。后来，他又搬到了巴黎，在薇薇安街继
续他的出版活动，并开了一家书店和一个专门介绍英国
文学的阅读室①。如今，人们仍然可以看到加里涅尼在

———————

① 法语为 cabinets de lecture，是一种流行于18世纪和19世纪
法国的文学沙龙机构，具有书目类型广泛、租书价格低廉、环境
舒适得体、适合群体讨论等特点。

开拓新领域时的雄心壮志——书店门口的一块浮雕石板上用大写字母自豪地宣布人们即将踏进的是何等非同寻常之地："欧洲大陆上建立的第一家英文书店"。后来者不乏有如布伦塔诺书店（Brentano's）和莎士比亚书店（Shakespeare and Company）这样的同行，但迈出第一步的终究是加里涅尼家族。

　　这个聚集地的影响力很快传到了巴黎所有英国居民之外的人群中。司汤达就在他的《自恋回忆录》中记叙了19世纪20年代初自己在加里涅尼书店的花园中阅读英文报纸和沃尔特·斯科特（Walter Scott）几本小说的经历。1814年，加里涅尼夫妇创办了一份英文日报《加里涅尼信使报》，引起了极大的关注。该报以这个名字存在到1890年，享誉欧美，英国小说家威廉·萨克雷（William Thackeray）也是其编辑之一。加里涅尼诸多独特的经营诡计之一，就是将英文图书的副本带到法国——关于国际版权法规的议题在当时尚未形成——大量重印，并以低得多的价格出售。这种盗版行为激怒了英国的出版商同行，特别是在看到法国的加里涅尼版本很快就越过英吉利海峡回流到他们的地界以后。

时至今日，这家书店仍为家族所有。出生于 1937 年的安东尼·让库尔-加里涅尼是一位受人尊敬的金融家。2001 年之前，他在一家保险集团担任董事，此后则献身于对书籍热情的传承。他的书店并没有改变传统的品类重点。加里涅尼依然以其令人印象深刻的英文书目的丰富性而闻名于世。一段时间以来，他们已经不再严格按照语言对图书进行分区陈列。尽管如此，长条形书店空间中央的两块印有"英语部"字样的标示牌依然明确无误地指出了这里的特色。在大约 5 万种库存书目中，约有四成属于这一区域，其中的英美文学宝藏完美迎合了英伦文化爱好者的期待。房屋尾部的楼梯通往二楼回廊，在那里，犯罪与悬疑小说、科幻与奇幻小说塞满了书架，令人眼花缭乱。透过两面玻璃屋顶中的一面，人们可以看到典型的巴黎式天井：灰白色的房屋立面、细长的烟囱和上方一片狭长的天空。

加里涅尼书店的内饰特点是克制的优雅：深棕色的书架，可以通过黑色的木梯取阅上层图书；浅棕色的镶木地板是法式的鲱鱼骨形图案；巧妙的照明系统与黄白相间的油漆相结合，消除了任何阴暗的观感。这种诱人的气氛在对企业历史的回顾中得到了加强：创始人的半身像、他的儿子安东尼和威廉的照片、曾以 8 苏或 10 苏的价格出售的褪色的《加里涅尼信使报》。一张装裱好的照片在过道中等待着一场不期而遇，上面是一位穿着引人注目的年轻女性，正站在本店的橱窗前。20 多位员工中的一位向我解释道，卡尔·拉格斐，一位忠实的顾客，拍下了这张模特的照片，并把它送给了书店。

时尚皇帝拉格斐这样的名流经常光顾里沃利街，这也是加里涅尼声望的一部分。其优越的地理位置和国际化的风格确保了演员、歌手和政治家们始终在这里来来往往——他们欣赏加里涅尼对自己的谨慎态度。安东尼·让库尔-加里涅尼只会偶尔在采访中透露谁曾向他的书店表达喜爱之情。除了爱书的拉格斐，伊莎贝尔·阿佳妮、贝尔纳黛特·希拉克，还有喜欢莎士比亚的米克·贾格尔[1] 都在其列。

频繁出入书店的除了作家，还有建筑师、设计师和服装设计师，这与加里涅尼几十年来一直在英语文学

---

① 3 人分别为法国知名女演员、法国前总统夫人和英国滚石乐队的主唱。

之外发展国际美术部有关。它的销售额约占总销售额的 30%，除了丰富的杂志选择外，还提供大量价格不菲的图册和主题冷僻的专著。此外，那些寻找当代文学作品、想给孩子买礼物或是希望扩大自己烹饪知识的人亦会收获颇丰——在对书店的最近一次造访中，我冲动地决定成为一个芥末专家，并购买了索尼娅·埃兹古里安（Sonia Ezgulian）那本颜色近似科尔曼牌芥末酱包装的手册《芥末：十种做法》。加里涅尼的书桌和书架魅力十足，人们在其间停留的时间总比预期要长。

经理丹尼尔·希里安-萨巴蒂埃出生于卢森堡，此前是一位记者，在 2009 年 4 月接替了她的前任玛丽·皮卡尔。她知道，仅凭国际化的氛围和的向上流社会靠拢的"地点诱惑力"还不足以维持书店的水准。华丽的橱窗装饰和大型主题文学之夜同样享有传奇般的美誉。"来加里涅尼，"她平静地解释说，"就像在丽兹酒店喝茶，而不是点杯茶外带。"希里安-萨巴蒂埃和她的团队以力求满足最不寻常的要求而著称，他们精通各种调查检索方法，并提供出色的订购和交付服务。我曾目睹一位老太太前来询问《圣经》译本的问题，一位举止讲究的员工向她提供了详细的信息。几分钟内，三四个新版本就摆在了顾客面前，可以料想，她是不会空手离开书店的。

希里安-萨巴蒂埃的小办公室堪称传统与现代的完美融合。虽然书店的大部分档案都被遗赠给了国家图书馆，但这里仍保留着一个记录加里涅尼家族历史的小型参考图书馆：一些意大利祖上出版的印刷品，《加里涅尼信使报》的订阅收据（例如为拉法耶特侯爵开具的），以及一件特别的宝物：一本用红色皮革包裹的留言簿。它就像一部过去一百年间的文化精英名录，信手一翻就会遇到熟悉的名字：欧内斯特·海明威（"来自老客户最良好的祝愿"）、朱利安·格林（"很高兴回到加里涅尼"）、让·马莱、伯特兰·罗素、西蒙娜·德·波伏瓦、玛格丽特·尤瑟纳尔（"巴黎的一家伟大的欧洲书店"）、雷蒙德·格诺、亨弗莱·鲍嘉、朱尔斯·达辛、奥逊·威尔斯，或是玛琳·黛德丽①（"谢谢！"），她为自己位于蒙田大道的避难所购置了大量读物。

---

① Marlene Dietrich（1901—1992），德国女演员、歌手，以好莱坞明星的身份和坚定的反纳粹立场蜚声国际，自1975年起隐居巴黎直至逝世。

马塞尔·普鲁斯特早年的朋友中，包括日后的法国总统菲利·福尔的女儿安托瓦内特·福尔。她在1886年邀请年轻的马塞尔追随当时的时髦做法，回答一些关于个人喜恶的问题。普鲁斯特照做了，他把自己当时的"幸福观"定义为"在我周围有我爱的人，有大自然的魔力，有很多书和乐谱，离一家法国剧院不远"。这份调查问卷填满了一本名为《忏悔录》的皮面精装册子的一页。安托瓦内特·福尔的家庭教师是从哪里买到这种记录思想和感受的纪念册的？毫无疑问，当然是在里沃利街的加里涅尼书店，而且这是进口货。顺便一说，这本令人难忘的册子在2003年更换了主人：时装店老板杰拉德·达雷尔以12万欧元的高价买下了它。

相比之下，加里涅尼的亚麻布袋真是便宜不少。

# 第四章　从波尔图到马斯特里赫特，经维也纳至布鲁塞尔的旅程

两个例子——伦敦的但特书店和巴黎的加里涅尼书店——说明了书店是如何以突出的理念、非凡的内部设计或精细的分类来吸引人的。仅在欧洲，这样的宝藏就多不胜数，它们是每个书迷的神往之地，就连抗拒书本的度假者也难逃诱惑。我在旅行途中从未放弃利用每一段空闲时间去四处搜寻、发现新的宝地。它们不一定非要设立在古典建筑中，也不必以现代主义纯粹派样板的形象出现。对气氛的营造几乎可以在任何地方进行。然而，一些书店——例如前文提到的那些巴黎和伦敦的书店——也是旅游景点，意义等同于音乐厅或大教堂。多年来，我发现了这样一些熠熠生辉的恒星，想向大家介绍其中的几颗。

即使是在翻阅便捷的旅游指南中，书店也很少被列为"值得一看"的星级。波尔图的情况就是例外。在这里，人们不仅可以在杜罗河沿岸的酒窖里品尝波特酒，还可以欣赏到古斯塔夫·埃菲尔设计的锻铁桥：玛丽亚·皮亚桥。这里还拥有世界上最有特色的书店之一，莱罗书店（Livreria Lello），自2013年以来一直是象征当地公共利益的标志性建筑。它位于加默利塔斯街，离拥有醒目钟楼的教士教堂不远，算是旅游胜地之一——当然，这也会导致令人不快的负面影响。那些想要安静地看书或欣赏店内装潢的人，应该已经对大声交谈、自拍杆或推搡见怪不怪了。这里有欢聚一堂的法国人大家庭，也有风风火火冲进店内、略过书商和陈列品、打开相机闪光灯就是一通拍的瑞士夫妇。

莱罗书店的美轮美奂及其享有的声誉在当地人尽皆知。它的历史可以追溯到1869年，法国人埃内斯托·夏德隆在教士街开了一家书店，这家店在19世纪90年代又成为莱罗两兄弟的财产。1906年1月，他们搬到了加默利塔斯街 144 号的一栋浅色石制建筑里，这是工程师弗朗西斯科·泽维尔·埃斯特维斯为书店专门建造的。许多身份显赫的顾客参加了隆重的落成典礼，其中一些人是专门从里斯本赶来的。新哥特风格立面（有些地方的泥灰已经脱落）的镶饰、壁柱和细长的尖塔格外惹眼。拱形入口的上方刻有"莱罗兄弟"（葡语）字样，两边墙上是何塞·贝尔曼创作的两幅分别代表艺术与科学的彩色寓意画。一条石质花边门楣架在橱窗上方，反衬得相邻的房屋看起来像是粗笨的功能性建筑。

然而，以装饰风艺术元素为主的外观诱惑只是一场无与伦比的书香之旅的前奏：一旦以恭敬的姿态跨过门槛，你就会不由自主地屏住呼吸。金褐色的书架墙一直延伸到天花板，间或被容纳着诗人半身像的壁龛打断，安东尼奥和何塞·莱罗两兄弟的浮雕一左一右地展示在墙上。它们都围绕着莱罗书店最引人注目的景点：一条鲜红色的彩绘装饰楼梯，半路分成两截，通向二楼的回廊。雕花天花板由各种纹样组成，一片巨大的玻璃天窗嵌入其中，散发出令人舒适的亮光，且在灯光的辉映下，与室内温暖的木质色调和金字塔形的栏杆灯奇妙地协调在一起，也为楼梯表面的清漆平添了几分光泽。在这一切的上方，一位铁匠站在天窗彩绘的中央，光着膀子挥舞他的锤子，这象征着企业的座右铭"工作光荣"[①]。

正如该座右铭所言，在书店工作不难保证尊严。但仅有美感还不足以维系生存。这家"大教堂书店"一次又一次地被调整经营策略，以适应现代商业的需要，而且直到最近才经历了耗资巨大的内部和外部修复。

幸运的是，莱罗书店并没有成为一座博物馆，尽管开放式书架上方的玻璃柜里积攒着老旧的出版物。带有装饰元素的木桌和皮凳上摆放着琳琅满目的奢侈品，凸显了书店的国际化特色。当然，葡萄牙作家的作品占据着主导地位，其中不乏费尔南多·佩索阿（Fernando Pessoa）或若泽·萨拉马戈（José Saramago）的作品。此外，人们还会遇到丰富的政治和当代史书籍以及储备充足的诗歌书架。德语文学则以君特·格拉斯的《盒式相机》或罗伯特·瓦尔泽《唐纳兄妹》的葡译本为代表。

---

① 原文为拉丁文"Decus in labore"。

讲解普罗旺斯瓷器的图册或诸如《理解鸟类行为》等主题有趣的作品也陪伴着顾客。不过，没有什么是比爬楼梯更棒的！在二楼的回廊上，人们可以坐在扶手椅中，让自己的目光无拘无束地游走于店内（比在入口处更不受干扰）。

二楼回廊上展示的主要是科学文献，也有一些几乎被遗忘的书目，这些书就像20年前的体育赛事日程一样，似乎无人有意否认其存在的权利。这里还有一个小型的音乐资料部，装点着葡萄牙著名作家见证书店发展的手迹。他们在信中表达了对书店的依恋，其中包括小说家阿奎利诺·里贝罗（Aquilino Ribeiro），他的旅行日记《血淋淋的德国》德译本于1997年出版，书名被译成了《德国1920：自葡萄牙至柏林与梅克伦堡州的旅行》。

飘散在回廊中的可不仅仅是浓郁的咖啡香和柔和的背景音乐——那些不是芭芭拉·史翠珊的老歌吗？莱罗书店的多样化还延伸到高级香水产品。无意购书的男性或许可以在这里买一瓶剃须泡沫。当地的精品手工制造商克劳斯向莱罗供应手工皂，其诱人的丁香或柠檬气息从书店一角令人愉悦地弥漫开来。克劳斯香皂用装饰着新艺术风格图案的纸包裹着，看上去古香古色，仿佛自书店建成起就一直是库存的一部分。对面的货架上摆满了瓷器小雕像。在一名威士忌导购员恭候善饮买家的地方，伫立着一只布满灰尘的、像是被无意放在那里的酒瓶，瓶身标签上写着何塞·莱罗的名字，里面装的佳酿是来自杜罗河地区的 1890 年份的红酒。

楼梯被来来回回地踩踏，几处台阶的清漆开始碎裂，须得放轻步子下楼。我走到一半就停了下来，犹豫起哪片陈设最值得一观，应该走哪条楼梯——右边还是左边？同时，那对瑞士夫妇已经拍够了照片，准备向波尔图的下一个景点进发。一本书也没买的他们在收银台前停下了脚步，惊奇地发现，这家书店最美的景致竟然是通过一套明信片和一副扑克牌呈现的。这难道不值得思索吗？是的，也许他们本该先买几张明信片，然后用心读一读埃萨·德·克罗兹（José Maria Eça de Queiroz）或安东尼奥·洛博·安图内斯（António Lobo Antunes）的小说，而不是拍照。

坐拥美丽和人气并非没有代价。作为一道风景的莱罗书店是令人欣喜的，其营收情况却一点儿也不喜人。《哈利·波特》的作者J.K.罗琳（J. K. Rowling）20世纪90年代初在波尔图生活过，曾是莱罗书店的常客。她在后来创作的这套世界级畅销书中借鉴了对此地的印象：小说中丽痕书店（Flourish & Blotts）的装潢就是证明，另一些人则会立刻联想到霍格沃茨魔法学校的大楼梯。逸闻一经传开，访客便与日俱增。各种网站都建议哈利·波特迷前往波尔图"朝圣"，书店外排起长队渐渐成了常事。然而，其营业额停滞不前，甚至在2015年濒临破产。店方想到了一个补救办法，一个极不寻常的、起初甚至在内部引发争议的办法：收费入场。从那时起，每一个想参观莱罗书店的人都要花5欧元购买一张可以在购书时抵扣的代金券。效果让人印象深刻：营业额在3年内增长了7倍，2015年书店卖出了5万本书，2017年销量突增到28万册。平均每天有4000人光顾莱罗，夏季时节则更多。此举几乎让这里失去了所有魅力。毋庸置疑，尽管人们乐见一家书店成功地成为一个活动场所，但就像在游乐园一样，后勤始终是亟待解决的主要挑战。本地人在书店里并不多见。

J.K. 罗琳是否去过马斯特里赫特？我不知道。如果去过，她或许会刻画出以又一家书店为原型的小说场景。天堂书店（Boekhandel Dominicanen）也是一家不像书店的书店，任何进入这里的人，如果对它的独到之处一无所知，都可能会惊愕地后退。因此我建议大家在光顾此地之前先做做功课。

从马斯特里赫特火车站出发，沿着一条小路穿过马斯河进入市中心——这是一条令人惬意的路线，只是须小心避让无数的骑车人。你乍看就会觉得这是一座典型的荷兰城市，特别是在经过一两家奶酪店时。但是，当你开始与12.5万居民中的一位交谈时，你很快就会了解到，许多荷兰人都把马斯特里赫特看成一个例外。它与比利时和德国渊源甚深，被视为一座南方的"勃艮第式"大城市，有着热爱生活、喜欢尽情狂欢的居民。这种生活乐趣的中心是弗莱特霍夫广场，马斯特里赫特人的"客厅"：人们在这里庆祝各种民间节日，街头咖啡馆鳞次栉比，周边坐落着圣约翰教堂和圣瑟法斯大教堂等宏伟建筑。

马斯特里赫特不乏令人印象深刻的礼拜场所，因此不足为奇的是，1294 年落成的多明我会教堂距弗莱特霍夫广场仅几步之遥，却极少引起人们的注意。虽然它是荷兰最古老的哥特式教堂，但它既没有耳堂，也没有塔楼，而且位于一个不显眼的广场上，游客往往会漫不经心地路过。然而，情况自 2006 年 12 月开始发生了变化，因为当时荷兰最大的连锁书店瑟莱克斯（Selexyz）在这里落户，并开设了一家最不寻常的分店。2013 年，瑟莱克斯和收购它的波拉雷（Polare）集团相继申请破产，这个试验似乎宣告失败了，但仅仅一年后，书店业务运转如初，店名更易为独立的"天堂书店"。

在教堂里开书店？将用于宗教沉思的场所商业化？虽然乍看之下十分古怪，但马斯特里赫特人视之为理所当然。这一方面是因为他们所在的城市本就有好几座具备"世俗"功能的教堂，另一方面是因为多明我会在过去的两百年间发展得平平无奇，很多人想象不出这座教堂自 1804 年遭受亵渎后还能服务于何种目的。[1] 作品

---

[1]　该教堂在马斯特里赫特被法国占领期间（1794 年—1814 年）先后经历了被革命者解散修道院和所属教区主教座堂被新教徒占用的风波，自 1804 年起便不再用于举行宗教仪式。

《多明我会：马斯特里赫特教堂和修道院的历史》在书店开业之际出版，其中的照片精美地展示了这个地方的"多元文化"特征。这一页，人们会看到一个拳击场，汗流浃背的运动员在护栏内挥舞拳头；下一页，一场车展上停满了美国的别克牌和雪佛兰牌豪华轿车。消防队将中殿作为存放设备的地方（马斯特里赫特再没有比这里更大的存放地了）；这里也用来停自行车，或者供驾照考生参加笔试。第一次世界大战期间，这里是用来照顾伤员的，偶尔还被用作马厩。是的，即使这里也举行过女子排球国际比赛，它的铅玻璃也没有被损坏的痕迹。

最后但并非最不重要的是，许多马斯特里赫特人将他们年轻时的浓厚记忆与这个曾经神圣的空间联系在了一起：多年来，孩子们的狂欢节一直在教堂中举行；曾经把这里作为嬉闹据点的父母，又放任自己的孩子继续在这里玩耍；许多年轻人之间的第一次温柔亲近可以说是在神的监督下发生的。因此，他们中的一些人回到多明我会教堂纯粹是出于感性的原因。如今的教堂仍然是多用途的，天堂书店以集会场所的形式为马斯特里赫特民众服务，人们频频光顾，为了阅读、讲座、展览会开幕日和音乐会而齐聚一堂。

　　向教堂的所有者——马斯特里赫特市政府提出要在这里开设分店时，瑟莱克斯诚意十足。但在计划付诸实施之前，尚有不少障碍需要克服。所有的室内家具必须是可翻转的，这就是为什么——这一点乍看之下并不明显——所有家具都不能牢固地附着在教堂的墙壁和天花板上。阿姆斯特丹的建筑事务所 Merkx & Girod 承担了这项艰巨的任务，并想出了一个令人惊讶的行业解决方案，以扩大仅仅占地 750 平方米的建筑面积：在靠近教堂南边侧墙处建立一座多层黑色钢结构，将其作为房屋骨架的一部分。建筑师以尊重的态度对待这个地方的历史，对它做出了恰当的处理。

　　当你通过楼梯或电梯登上那座钢制组合货架时，你会立即惊讶于 7 个世纪的建筑风格是如何被汇聚于一处的，哥特式教堂的墙壁是如何与功能性的现代建筑风格相结合的。建筑师有意识地避免了对历史的谄媚还原，同时也没有屈服于给参观者带来审美冲击的诱惑。人们在钢结构的三楼停了下来，先俯视中殿，再仰望天花板上的壁画和铅玻璃窗，仿佛它们触手可及。"站的位置越高，越是无聊。"眼下环境真应了这句格言，你的周围都是科学文献和各种法律文献。人们下楼时会发现通风结构的楼梯底部是一个图书存放区，因而可以快速选购陈列于此处的作品。

每年拥入书店的游客多达 70 万人，包括来自世界各地的旅行团。有的人会停在入口处，露出一副惊愕的表情，几乎不敢相信自己的亲眼所见。他们满腹犹疑地走在石板地面上，唯恐踩到墓穴的纪念碑石。"这下面有死人吗？"——员工们一次又一次地听到这个问题，有些还若无其事地告诉好奇的游客，地下室被改造和修复时，工程队发现了六具埋在教堂里的完整尸骨。

2008 年，刊登于英国著名日报《卫报》的一篇文章确保了更多途经马斯特里赫特的游客在这里安排一场城市之旅。记者将这家书店评为世界上最美的书店，并创作了一句朗朗上口的广告语："天堂制造的书店"。不是每个远道而来的感兴趣者都会预先查看营业时间：一个岁除的午后，一位日本建筑师失望地站在已经上锁的大门前，但是店家对他坚定的敲门声做出了回应，引领他穿过了门厅。

游客数量的突然增加——特别是在周末——意味着工作人员无法详细回答顾客的所有问题，而这本是他们应尽的职责。书店很快引入了一个独特的电子系统，能迅速找到25000种库存图书中的任意一种，具有连反感技术的顾客也无法拒绝的便利性。射频识别（RFID）是这个系统的名字，它利用电磁波为装有芯片的在库书籍定位。大厅里分布着几台终端机，人们只需动动手指就能找到一本林堡[①]特色的烹饪书或哈里·穆里施（Harry Mulisch）的小说。

如果说书店运用最现代的技术提高了顾客的满意度，那么艺术史上的非凡证物离人们也仅有几步之遥。在北面的教堂侧廊上，就在一张摆放着新书的桌子后面，有一幅10世纪初的壁画，展示了托马斯·阿奎那[②]一生中的各个阶段。据修复者安杰利柯·弗雷德里希介绍，它的价值堪与鲁本斯或伦勃朗的画作相媲美。虽然许多以石灰调制颜料的重要画作已经无法抢救了，但艰苦的修

---

[①] 荷兰东南部的一个行政省，以马斯特里赫特为省会。
[②] Thomas Aquinas（约1225—1274），欧洲中世纪经院派哲学家和神学家。

复工作成功地保存了托马斯封圣后的场景，以及约翰内斯·瓦森斯神父于 1619 年绘制的音乐天使——他们在拱顶上友好地俯视着顾客。

　　为了完成这个地方所珍视的旧貌与新颜的大胆融合，教堂圣坛的利用方式也非同寻常。浏览时产生疲惫感的顾客可以走进"咖啡爱好者"，这是一家由著名咖啡烘焙公司 Blanche Dael 经营的自助餐厅。那些从诱人的产品中选择了一杯瑞斯崔朵和一块佛卡夏面包的人，可以在一张十字架形状的大桌子前坐下，或者坐在圣坛墙边的椅子上——这是不是让人想起了曾经聚集在这里虔诚礼拜的多明我会修士们的祈祷椅？时光不复。

　　既然说到了令人崇敬的地方，我想把目光转向总是被一种特殊气场所包围的古书店。这里没有畅销书的位置，非书产品也无足轻重，因而通常弥漫着一种不慌不忙的平静感，一方面提醒人们出版物的瞬息万变，另一方面又邀请人们虔诚地拾拣珍本或稀有初版书等宝藏。

虽然一段时间以来，与"旧"书相关的业务已经在很大程度上转移到了互联网上，但严肃的古书店依然存在，也只有那些有时间、能体会翻阅书籍乐趣的人才会光顾。维也纳的城堡出版社（Burgverlag）古书店便是其中之一，它离霍夫堡皇宫不远。

"不。"罗贝尔特·肖森盖尔强调，如果只是为了卖书，一家店面并非必需。自从他于1996年接管城堡出版社书店，并将其作为一家纯粹的古书店经营至今，连带自己的大名也被铭记——这个行业已经发生了巨大的变化。毫无疑问，罗贝尔特·肖森盖尔如今可以在虚拟世界里进行大部分交易。但是，如果他是在一间无名的办公室里，而不是在他位于维也纳环城大道上配备了不少20世纪早期家具的专属空间里做这些事情，他的工作日会变得多么乏味啊。

肖森盖尔是一位对工作全心全意的古书商。他这辈子没涉足过别的行业，也没有涉足的想法。顾客们十分赏识他的阅历和能力。登门造访的主要是男性顾客，他们的平均年龄已经很大了；年轻书迷中的"好苗子"则需要特别的体贴和关照。无论谁来到店里，都会欣赏到店主和他的员工在出价、准备拍卖和与顾客交谈时的冷静和沉着。书店位于内城区的边缘，位置极佳，不过，正如肖森盖尔笑着提到的那样，他们更愿意在施蒂芬广场 1 号 ① 落户，可惜这个想法很难得到维也纳主教的认可。

穿过霍夫堡皇宫，走到大街对面，然后沿着环城大道朝左边的克恩滕大街的方向漫步，任何人都会情不自禁地在城堡出版社古书店的门脸前停下脚步。几年前，书店在总店隔壁的隔壁开设了第二家店面，这个过去售卖镜子的地方如今被用于展览版画等印刷品——这是一个相当衰弱的分支，但正如罗贝尔特·肖森盖尔自信地指出的那样，它肯定会再度繁荣起来。主店令人愉快的大进深橱窗中的旧地图、版画以及最近越来越多的照片，都是不容忽视的焦点。此外，前段时间的陈列品中有一款老式的棋牌游戏《障碍赛》，锡制小雕像诱惑玩家向目标进发，很是吸引眼球。人们可以花费 500 欧元添置这份漂亮的圣诞节或生日礼物。

---

① 维也纳知名地标圣施蒂芬大教堂的所在地。

城堡出版社古书店的入口和出口由一个门铃控制，从而形成了一种封闭性，然而，这主要是为了防止不愿意付费的顾客可能做出的傻事。一旦踏入这片书香圣地，任何人都会很快忘记时间。首先引起注意的是带有玻璃盖的柜子，还是配有饰面的抽屉？或是可以从不同方位打开的蚀刻玻璃橱窗？开槽的半柱？也许是书店回购的霍夫曼斯塔尔[①]生活年代的收银机——NCR 公司的老牌产品？

这个地方最初的宝藏是哪一件？这很难说。无论如何，店家对颇具历史意义的家具进行了保养甚至精心的翻新，这是无可置疑的。书店的历史可以追溯到 1920 年，准确来说是 1920 年 1 月 15 日。1920 年 1 月，里希特与佐尔纳城堡出版社公司成立，并自视为一家不做零售业务的出版社兼邮购书店。两年后，佐尔纳不得不独自经营书店；正如《古书》杂志所写的那样，他被视作"只有古书行业才会产生的怪人之一"。他的出版社最初位于哈布斯堡街，在出版书籍的短短六年时间里经历了

---

[①]　Hugo von Hofmannsthal（1874—1929），奥地利作家、评论家，致力于宣扬本国文化。

无数起起伏伏。

正如历史学家穆雷·G.霍尔（Murray G. Hall）在他的《奥地利出版史》第二卷中解释的，城堡出版社的重点产品是大约30种关于地方历史和维也纳的书目。尽管侧重性一目了然，但这家历史并不长久的出版社在文学上的表现更胜一筹。因诗集《维也纳》而闻名的约瑟夫·韦恩赫伯（Josef Weinheber），其两部早期作品皆由城堡出版社出版。1928年，当破产使出版社的生产停滞不前时，韦恩赫伯推出了小说《后代》，准确无误地记叙了城堡出版社遭遇的动荡。该书问世3年前，韦恩赫伯的同胞布鲁诺·布瑞姆（Bruno Brehm），城堡最初的资助者之一，在他的小说《出版社的风波》中亦对此有所提及。日后鼓吹国家社会主义思想的布瑞姆多年后回忆起自己在经济方面的投入时仍惊恐不已："我加入了一家出版社……在那里赔光了我妻子的钱。我们已经有了2个孩子，我当时真的不知道自己究竟是倒霉蛋还是混账……"

从1926年到1999年，城堡的出版活动一直处于休眠状态，直到罗贝尔特·肖森盖尔接手并决定改变这种状况——"出于纯粹的激情"。此后，他出版了一些十分合自己胃口的书籍，如关于瓷器画家约翰·赫罗尔德的作品。当然，核心的业务还是古书交易，肖森盖尔拥有 14000 多种书。除了小说（包括很多法国文学作品），他还特别关注艺术和建筑领域，这些书可见于书店的尾部空间。一盏 19 世纪中叶的燃气玻璃吊灯在后来加建的房间中分外夺目。一条楼梯通向一道走廊，那里主要展示着艺术史和文化史作品。作为一家汗牛充栋的古书店，这里总能给人们带来新的惊喜，让我兴奋的有时是象棋专业书，有时是养牛指南，有时则是伯恩哈德·鲍尔（Bernhard Bauer）那本广为人知的《女人与爱情：关于女性爱情生活的研究》。在意识到被诱惑之前，我就选择了屈服，决定通过购买《不良歌曲指南》来照顾城堡古书店的生意，此书作者阿贝·胡洛特（Abbé Hulot）早在 1824 年就试图警告人们不要听流行歌曲。

当肖森盖尔谈论其收藏品的稀有性时，使一个古书商的日常生活变得如此多姿多彩的魅力之源就显而易见了。我被允许翻阅 1517 年版的马略卡学者拉蒙·柳利（Ramon Llull）的《终极的伟大艺术》，花上 13000 欧元就可以让这本珍贵的古版书成为个人财产。当肖森盖尔自豪地向我展示他最新购得的两本古书时，我意识到，惊喜对于古书商来说如同家常便饭——其中一本是斯蒂芬·茨威格（Stefan Zweig）的诗剧《耶利米》（1917 年）的初版，附有作家致以弗朗茨·冯·拜罗斯的献词；后者是一位画风唯美的"颓废派"[1]，因情色作品插画家的身份声名鹊起。肖森盖尔又抽出了他不久前从一位私人收藏家处得到的手稿，由编好页码的 24 张纸组成。这是由曾在霍夫堡皇宫的一翼居住多年的奥地利作家亚历山大·勒内特-霍莱尼亚（Alexander Lernet-Holenia）于 1942 年出版的小说《两西西里王国》的节选，附有致以一位医生朋友（"好友阿尔·哈特维希，1940 年 12 月 24 日，A. L. H.。"[2]）的献词。一根绳子捆着用蓝色墨水书写、用红色墨水修改的散文片段。由于勒内特-霍莱尼亚的手稿近乎绝迹了，古书店对它的出价是 15000 欧元。

　　有趣的发现时刻和出售时刻激励着古书商，而这

---

[1]　流行于 19 世纪的文学艺术运动，以反对自然主义和宣扬主观主义审美为特征。
[2]　原文为意大利语。

样的热情也传递给了爱书人：作为城堡古书店常客的瓦尔德·维纳（Oswald Wiener）和格特·F. 琼克（Gert F. Jonke）等作家就在此列。存放于橱柜和架子上的宝藏同样吸引了他们不受欢迎的同代人：2007 年，一个熟悉书店布局的窃贼闯入并盗走了贵重的版画和书籍，部分赃物流失到加拿大多伦多才被追回。这起盗窃案是导致安全措施加强的转折点。不过，古书店低调压抑的氛围似乎与犯罪意图相辅相成。电视犯罪系列剧《最佳搭档雷克斯》的制片人当机立断，安排上演了一场在枝形吊灯下和桃花心木架子之间的追杀。这家维也纳当地现存的最古老的古书店提供了许多截然不同于虚拟布景的可能性。

每隔几年，只要我在维也纳逗留，我都会去环城大道，看看那里的一切是否如旧。当然，这只是一个托词，我是在寻找灵感，也是为了进行一次即兴的购物。几个月前，当我在维也纳追寻施尼茨勒（Arthur Schnitzler）的足迹时，我又一次拜访了城堡古书店——因为阿尔图尔·施尼茨勒曾在这幢房子里居住过一段时间。1870 年，在他进入学术高中前不久，他们一家住进了公寓的二楼。

罗贝尔特·肖森盖尔趁机向我展示了施尼茨勒的著名小说《古斯特少尉》的初版。带着古书商天真无邪的气质，他知道自己只需对书迷顾客稍加点拨，就能让他们竖起耳朵。1901 年，这本书由 S. 菲舍尔（S. Fischer）[1] 出版，由莫里茨·科舍尔创作了精彩而阴郁的插图，以及封面人物绝望地坐在集市长椅上的凄凉画面。这个出色的版本售价 1800 欧元，惜乎数额远远超出了我的预算。但幸运的是，在售的不仅有第一版，还有同年出版的第六版，这个版本保存完好，只需 100 欧元就能收入囊中。当然，它立刻更换了主人。

为了结束这次格外美妙的书店巡礼，让我们再一次切换国家和语言，来到布鲁塞尔。比利时的首都不乏优秀的文学范例，罗伯特·梅纳瑟（Robert Menasse）的小说《首都》在 2017 年获得了德国图书奖，让布鲁塞

---

[1]　位于德国美茵河畔法兰克福，今属霍尔茨布林克出版集团，是德语区最具名望的出版社之一。

尔稳稳地回到了文学史的版图上；又比如作为国际文学之家的帕萨·波塔（Passa Porta）书店，或者水印书店（Librairie Filigranes）。然而，我最喜欢的布鲁塞尔书店是"向性"（Tropismes），它因将现代性诉求和文学传统结合在一起而为人称道——荷兰作家塞斯·诺特博姆（Cees Nooteboom）亦深以为然。

"当我闭上眼睛的时候，我看到所有书都在我的面前。我走进去，前往我最喜欢的区域，看看桌上出版的新作，找找熟悉的作家，然后把远远多出我需要的书带回家。"在《书籍梦呓的地方》一文中，诺特博姆是这样设想他最喜欢的欧洲书店的，而布鲁塞尔的向性书店便是其中之一。在短短几年内，在午夜（Minuit）出版社和瑟伊（Seuil）出版社[①]的资助下，这家由布里吉特·德·米斯和雅克·鲍杜因于1984年创立的书店已经发展成了一个声名远扬的迷人地标。它位于布鲁塞尔中世纪时期的市中心——圣岛区——的中央，不远之外就是宏伟的市政厅所在的大广场，以及餐厅和小酒馆扎堆、

---

① 二家均位于法国巴黎的文学出版社。

专坑初来乍到者的肉铺街。

向性书店位于高贵的王子长廊，这是以阿登隐士圣胡贝图斯的名字命名的圣于贝尔拱廊街的三条通道之一。1847年，根据荷兰建筑师让-皮埃尔·克鲁塞纳的规划，在国王利奥波德一世和他的儿子们的见证下，拱廊街举行了落成典礼。从那时起，这里就被认为是一处展示性建筑；直至今日，它仍然是休闲场所、咖啡馆和诸如Neuhaus等精美糖果店的所在地，当然还有向性书店。在18米高的国王长廊中，你可以在一天中的任何时候遇到来自世界各地的漫步者。一座长达200多米的筒形玻璃拱顶横跨在精品店和餐厅之间，制造出的光影效果本身就足以让人流连忘返。

向性书店的入口位于前面提到的王子长廊的一条岔路上。这条路连接着国王长廊和多米尼克街，自落成伊始就人流稀少，生意也比较萧条。这导致书店原址几十年来的用途不断变化，其内部装修至今仍以混搭风格的柱子、镜子和石膏花饰元素的相映成趣为特色。咖啡馆和酒店老板都是曾是王子长廊11号的租户之一；第二次世界大战后，俱乐部"凡尔赛"曾落址于此，提供击剑和舞蹈表演；后来，经过改造翻新后，享有传奇般声誉的爵士乐俱乐部"蓝音符"于1961年迁入此地，为包括著名的比利时香颂歌手雅克·布雷尔在内的许多艺术家提供了登台机会。另一家俱乐部"爵士乐夜总会"以及王子餐厅随后也加入了租户名单；后者搬进了夹层，决定性地塑造了向性书店的建筑面貌。

　　当今的书店可以作为追寻19世纪文学踪迹的起点。例如，1851年，维克多·雨果（Victor Hugo）逃到布鲁塞尔后，在大广场租了一个房间，并经常在"文艺复兴"咖啡馆与其他文学家见面。雨果的缪斯兼情人朱丽叶·德鲁埃为他放弃了演员生涯，一生中给这位崇拜的对象写了几千封信；为了尽可能地接近他，她住进了王子长廊11号。不过，这家书店不同寻常的名字与维克多·雨果并无干系。《向性》是娜塔莉·萨洛特（Nathalie Sarraute）于1939年发表的处女作的标题，她是盛行一时的法国新小说派的代表人物。萨洛特用一个描述植物或动物对外部刺激反应的生物学术语作为标题，暗指对内部和外部世界的细腻感知。从比喻意义来看，"向性"一词恰当地描述了书店顾客面对书籍时产生的体验：喜爱或厌恶的反应发生在一瞬，思想和情感的冒险交织于一处。

当然，萨洛特的《向性》被展示在一楼最佳的收银台位置，广泛的小说和历史题材作品也陈列于一楼。除了经典名作和诗集精选之外，任何重要的法语文学新作亦不会缺席。一张豪华的柜台上摆满了外语作家的作品，包括我第一次造访时选购的西格弗里德·伦茨（Siegfried Lenz）的《默哀时刻》和燕妮·埃彭贝克（Jenny Erpenbeck）的《克拉拉森林》。这里强化了人们对于知识分子拒斥跟风的印象，而这一点也体现在这里每年举办的100多场作家之夜和讨论晚会上。

还未完全跨过发光的手写体字母"Tropismes"之下的门槛，紧张感似乎就烟消云散了。在桌子和书架之间徘徊得越久——这里竟然没有经典漫画《阿斯特里克斯在比利时》？——宁静的气息就越发强烈地在人的周身蔓延。透过高高的方格橱窗散射进来的光线变成了金棕色；啤酒花叶的石膏花饰（衬极了曾经坐落于这里的餐馆）装点着以鸟为冠的宏伟柱子，一直延伸至橡木镶边的石膏天花板；镜子巧妙地交错，使得空间倍增层次感。我站在夹层护栏边，静静听着销售人员的讲解，看着自己的身影同数百条书脊倒映在一起，俨然置身于一座魔法城堡。

如今，书店提供约 8 万种图书，这种广度只能是通过逐步的改造和扩建才得以实现的。简朴而明亮的地下室以不着修饰的红蓝柱子为主，社会学、哲学、心理学、政治理论和生态学等学科的收录吸引了很多学生的光顾。两三位工作人员正忙着打理新到货的书籍，好让好奇的顾客在这座知识的天堂里始终保持轻车熟路。一条过道通向平装书部，那边散发着香薰蜡烛的气味，谁要是想囤积汉德克和格拉斯的译本，他就来对地方了。

向性书店的面积是分几期扩展的。一座小花园通向被称为"公寓"的儿童和青少年文学区。自 2002 年起，书店开辟了第二个入口：国王长廊 4 号。这是一个聪明的举动，因为越来越多的游客是通过这条繁忙的通道造访书店的。孩子们的阅读区分布在现代化的两个加建楼层中。游戏角、地毯和沙发让这里看上去像一座"公寓"，温馨的氛围让人无忧无虑地漫游在漫画书的王国——漫画是比利时的传统之一，他们的英雄斯皮鲁和方大炯拥趸众多。

　　书店在某些工作日十分安静，但在周日，当大量游客拥入长廊后，各个楼层很快就会被填满。周日只开放下午 5 个小时，但正如店长布里吉特·德·米斯所指出的，这 5 个小时对于书店的繁荣至关重要。这里的风格并没有因为任何扩建措施而受到影响，任何想把关于它的记忆带回家的人最好买两张明信片，其中一张是从夹层视角拍摄的黑白照片，另一张是深蓝色夜空下的王子长廊的深处，作者为玛丽-弗朗索瓦·普利萨特 ①。

　　难怪来到布鲁塞尔的作家都不愿错过参观这里的机会。除了前面提到的塞斯·诺特博姆，还有卡罗琳·拉马什（Caroline Lamarche）。在小说《寒冷国度的来信》（2003）中，她第一次将向性书店写进书里，尽管没有提及它的名字。3 年后，她在文集《作者和他的书》中延续了这份钟爱。"启迪心灵的源泉"是她的献词标题，也是对她在书店中的内心体验何以转化为出版作品的证

① Marie-Françoise Plissart（1954—　），比利时摄影师、录像艺术家，其建筑摄影作品曾获威尼斯建筑双年展金狮奖。

言。这位 1955 年出生于列日的作家写道："当我迈过书店的门槛时，我感到一阵轻微的眩晕。"而每一次，她都会被"书的爱之呼唤"的巨大力量所震撼，它们默默地、谦恭地等待着观者的回应："在向性，是书选择了我。"

# 第五章　麻雀虽小，五脏俱全

是的，你知道这一点，因为所有的顾问，包括不少业内人士，在提到开设新书店的时候都会这样说。书店看上去必须一目了然，结构清晰，并有明确的标识导向，以免让往往被假设为"迷迷糊糊"的客户不知所措。从企业管理的角度来看，不符合这个理想标准的店铺业绩可能会比较差。尽管如此，在建筑方面落后于时代，因而只能在结构状况允许的条件下进行改造的特点正是一家书店的魅力所在。所以我们喜欢遇到壁龛、角落、通往偏僻楼层的楼梯，或者整洁程度有限的地下室。那些喜欢从书堆中获取灵感的人乐于在某个架子上发现一些出乎意料的甚至被归类错误的作品。

即便是在大型书店里，这样的印象也实属常见。位于斯图加特国王街的高档书店"韦特维尔"（Wittwer）一直凭借产品的丰富性大放异彩。书籍分布在 2 楼的若干块区域——这是些美妙的休憩场所，供人安安静静地研究包括理查德·大卫·普雷希特（Richard David Precht）或彼得·斯洛特戴克（Peter Sloterdijk）新作在内的哲学书籍。享受韦特维尔的奢华是如此美好（希望塔莉亚的收购不会很快改变这一点），但我们也听到了管理者的呼声：他们急需为这样一座迷宫增派人手。

说起塔莉亚，伯尔尼的施陶夫法赫（Stauffacher）书店在近 20 年来也隶属于这家往往被爱书人以怀疑眼光看待的公司，尽管那里如今已经不再使用"塔莉亚"这个名字，而是以欧瑞尔·弗斯里（Orell Füssli）[①] 作为品牌开展经营。多年来，施陶夫法赫经历了多次改建，然而幸运的是，它在内部建筑方面还无法保证完全的秩序。

坐朝西的电梯，还是朝东的？上一次来的时候，我不确定地环顾四周，努力回忆自己可能是走哪条路来到眼下这一层的，从这个还是那个楼梯？立刻认清环境并

[①]　总部位于瑞士苏黎世的出版、印刷和图书零售公司，拥有瑞士最大的实体书店连锁店和网络书店。

记住迷宫般的各种转角对于初来乍到者并非易事。施陶夫法赫"帝国"的正门位于伯尔尼中央火车站与遍布咖啡馆和比萨店的孤儿院广场之间的新街上，你也可以在黎夫里小巷或冯·韦尔特拱廊街找到它的其他入口。这个图书中心的奥妙之一在于，虽然它是瑞士最大的书店，占地约3000平方米，但其建筑结构从来不会给人以冰冷的感觉。人们流连于陈列着不同领域书籍的壁龛前，而那些想要安静的人只需走一段楼梯就可以到达四楼的法语书店。在那里，喧嚣是克制的；一张八角形的桌子被四把椅子包围着，邀请人们坐下来，和在自家客厅里没有两样。距离完满的幸福唯一缺少的就是一位女店员拿着茶壶和小茶炉走过来，用一句迷人的"来点儿绿茶吗？"[1] 在书架间播撒愉悦……

经过专业准备的改建不会削弱一家空间狭窄曲折的

---

① 原文为法语。

书店的根本魅力，这一点是我在汉堡的自家门口观察到的。黑曼书店自 1928 年以来就坐落于艾彭多菲尔·鲍姆地铁站边，是一家传承至第三代的家族企业，目前在汉堡拥有十几家分店。总店于近期进行了改造，以便让交错的楼层和出入口更加一目了然。毫无疑问，他们成功了。不过，当我发现自己在同样接受改建后的分店里依然很难区分两个出口，也很难找到通往平装小说区的路时，我的反应竟然是松了一口气……

说起对那些难以一目了然因而神秘万分的书店的赞美，就不能遗漏伦敦精致的梅菲尔区的一家风格再为英伦不过的书店：海伍德·希尔（Heywood Hill）。我永远不会忘记自己到访那里的经历……

"西塞罗！"一位白发绅士对着海伍德·希尔书店的一名工作人员中气十足地喊道。他想知道西塞罗写给朋友阿提库斯的书信集是否在库，以及有哪个版本值得推荐；他满怀信心地认为自己的要求是合理的。几分钟后，另一位年长的顾客拄着两根拐杖费力地走进了书店，向他不认识的年轻人询问其负责的区域，后者亲切地把他领到了相应的门口。

从这些琐事中，人们可以感觉到，时间在这里走得更慢，而且顾客不会受到季节性活动忙碌节奏的干扰。在书店成立后的头7年里，希尔家族一直住在柯曾街17号，自1943年才迁入10号。书店的历史始于1936年，当时年轻的乔治·海伍德·希尔向父亲借了2000英镑，开始了创业的冒险；就像其他书店一样，这里也一度以秘闻逸事和传奇故事为生。

"旧书和新书"——一块不显眼的牌子向初来乍到者就这座三层楼房一层和地下室中的东西做出了提示。夏天的大多数日子里，当印有白色字迹的蓝色遮阳篷几乎延伸到人行道上黝黑冰冷的铁栅栏上时，人们即使在远处也能看到店外的托盘货架。更显眼的是，书店正门左侧钉着一块由英格兰遗产委员会制作的牌匾，上面记载着或许是希尔家族历史上最为重要的一次事件。1942年，公司创始人海伍德·希尔应征入伍，他的妻子安妮负责照顾他们的第一个孩子。从这一年至1945年，南希·米特福德（Nancy Mitford）都在柯曾街 10 号工作，这位来自名门望族的英国作家在自己祖国的知名度居高不下。米特福德在战争年代大放异彩，此后也一直与书店保持联系，直到 1973 年去世。根据伊夫林·沃[①]的说法，伦敦自第二次世界大战期间遗留下来的时尚面与智慧面交叠于海伍德·希尔书店狭窄的空间中。

希尔书店始终以其卓越的服务而著称，自许多业务仅仅通过电话和邮件开展的时代便是如此。来自老牌贵族圈子的顾客频频光顾这里，希望得到完美的服务。毋庸置疑，世界各地的买家——特别是很多美国人——都会使用图书快递服务。用厚实的棕色纸精心包装的包裹在通往地下室的楼梯平台上总是堆放得满满一架子。包裹上是用黑色毡尖笔注明的收货人信息，其中不乏一些响当当的英国上层贵族的名字。

书店的童书部提供一种礼品定制服务，客户每月或每年都会收到向他们的教子或孙子按需推荐的书籍，而且适合不同场合的书籍很容易搭配成礼物篮。可以料想

---

① 　Evelyn Waugh（1903—1966），英国作家、记者、书评人。

的是，人们还能随时通过采购来充实私人图书馆。例如，前段时间，一座狩猎屋的所有者为那里配备了书籍，以方便投宿的猎人轻松熟悉"打猎"或"钓鱼"等主题。在另一个例子中，有人只花了3个星期就为自己的书斋添置了3千多册图书——书目当然不是随机选择的，而全部是符合主人兴趣的作品。

顾客需要小心翼翼地沿着陡峭弯曲的楼梯走向地下一层，才能来到分类有序的童书部。个子太高的人在此过程中很难安然无恙，不过，门框顶端贴有红白相间的条状保护膜作为醒目标识，以便顾客能够及时保护头部。最后一级台阶的右侧是"打印室"，亦曾是海伍德·希尔办公的地方。这是个意趣盎然的房间：古旧的大开本书包围着电脑，旁边摆着一瓶味美思酒；书架上放着一本罗伯特·约翰·桑顿（Robert John Thornton）的《花之神殿》，附有汉达西德-布坎南（Handasyde Buchanan）的书目注释。

我上一次造访海伍德·希尔书店已经是几年前了，但我热切希望那里的一切依然如故——特别是地下室，否则就太可惜了。

并不是每个地方都能在狭窄的空间里有意或无意地制造一座小小迷宫——这样做有一个很好的效果，就是阻碍顾客迅速离开商店。有些地方根本没有足够的空间，有些地方则要求人们利用区区几平方米做很多事或想出整理排列各个品类的点子。例如，在美因茨附近的高-阿尔格斯海姆镇的书店"霍尔格森先生"（Herr Holgersson）里，训练有素的图书学学者伊丽莎白·温菲尔德和贾思敏·马歇尔实现了这样一个不同寻常的想法：为了消除顾客的陌生感，他们以再现公寓房间布局为目标，对仅有 100 多平方米的可用空间进行了规划。书店的核心是备有犯罪小说与通俗小说的客厅，其次是备有童书的儿童房、备有有厨艺书的厨房，一切都像在家里一样。

　　在其他地方，依照"麻雀虽小，五脏俱全"的格言，这样的空间布局自然也是人们梦寐以求且心满意足的，来自雷根斯堡的伊西丝·门希-汉恩在巴黎经营着一家占地仅20平方米的书店：她的德语书店（Librairie Allemande）是这座城市现存的最后一家德语书店。这家小店历经过一段动荡的岁月，因为伊西丝·门希-汉恩偏离了对于这里的最初设想。2015年，她在拉丁区开设了这家离巴黎圣母院和巴黎最古老的树——一棵于1601年被种下的刺槐——只有几步之遥的书店，希望居住在巴黎的德国人、奥地利人和瑞士人以及所有对德国文学感兴趣的法国人都能照顾她的生意，也希望驻扎此地的所有德语文化机构都成为她的常客。

从零开始学习图书业务的伊西丝·门希-汉恩很快就不得不意识到，现实并没有按照她的预算计划发展。许多住在巴黎的人只能勉强维持生计，这不是什么秘密。她不仅要支付高昂的租金，还要预先花费相当多的钱取得租赁权。门希-汉恩的乐观主义是无济于事的：2017年年中，她被迫放弃了位于弗雷德里克·苏通街的德语书店。

事态看似尘埃落定，但没过多久就迎来了转机。这位精力充沛的书商在距离书店旧址仅仅200米的杜·索默拉德街以低廉的价格租下了一间小店——她抓住了这个机会，并在 2018 年 2 月初庆祝了德语书店的重新开张。

这个新址似乎更加便利：附近有大学院校，还有国立中世纪博物馆。这条以考古学家和艺术收藏家亚历山大·杜·索默拉德命名的街道上坐落着特色各异的书店，离巴黎库存书目最为丰富的书店之一"伙伴"（Compagnie）所在的学院街也不算远——位于 27 号的伊夫雷亚出版社（Editions Ivrea），出版有库尔特·施维特斯（Kurt Schwitters）、君特·安德斯（Günther Anders）和卡尔·克劳斯（Karl Kraus）等人作品的法语译本；想要感受更多文学气息的人只消再往前走两栋房子，就会发现自己来到了乔治·杜哈曼（Georges Duhamel）家族史诗《帕斯齐埃家族史》中的主人公洛朗·帕斯齐埃多年来的（虚构）住所前。

20 平方米的德语书店，如前所述，虽然面积很小，却布置精巧，散发着优雅的气息。房间中央挂着一盏由英戈·毛勒 [①] 设计的吊灯，顾客可以将自己手写的最喜

———————————

[①] Ingo Maurer（1932—2019），德国工业设计师，以别具一格的照明装置设计而著称。

欢的诗贴在上面；瑞士生产的组合书架显示了店主对成本恰到好处的精打细算。图书产品包括雷克拉姆和岛屿（Insel）[①]的经典作品，以及各种德语文学新作，如克莱门斯·塞茨（Clemens Setz）、斯温娅·莱伯（Svenja Leiber）和彼得·施塔姆（Peter Stamm）的小说。此外，还有一些关于德意志文化的、将德国现当代学术巨星们介绍给法国顾客的名作和非虚构类图书，如海因茨·布德（Heinz Bude）的《阿多诺之废墟儿童》。语言学习类书籍自然也是必不可少的：施特凡·乌尔里希（Stefan Ulrich）的《最爱的地方：巴黎》或文森特·克林克（Vincent Klink）的《大肚逛巴黎》都在巴黎主题的书架上占有一席之地。

如果这家巴黎最后的德语书店想要生存下去，那么它需要抓紧的是那些珍视人际交谈而非选择舒舒服服在网上下单的顾客。每一本德语书都是按照固定零售价格出售的；不论利润怎样，伊西丝·门希-汉恩都要承担采购成本。在这场偶尔看起来像是西西弗斯式努力的奋斗

---

[①] 总部位于德国柏林的文学出版社，今属苏尔坎普出版集团，其文学丛书"岛屿书库"颇负盛名。

中，她似乎耐力十足。如今，关于扩大德法（文化）关系的讨论比以往任何时候都要热烈，当德国文化部长莫妮卡·格吕特斯在弗朗茨·黑塞奖 ① 颁发之际不失时机地访问德语书店的时候，人们显然比以往任何时候都更需要这样一个交流的场所。

我上一次正欲离开这家迷人的书店时，一位顾客走进来，洽购斯蒂芬·茨威格的《昨日世界：一个欧洲人的回忆》的平装本——我希望这对巴黎的德语书店来说不是一个坏兆头。②

说到 20 平方米，海德堡的谷物市场上也有一家规模相当的书店，名为"博雅教育"（Artes liberales），由克莱门斯·贝鲁特于 2013 年创立，且在仅仅两年后就斩获了德国书店奖的头奖。它的所有者在接受采访时详细解释

①　以德国作家、翻译家、编辑弗朗茨·黑塞（Franz Hessel）命名的德法文学奖，每年分别授予一位德语作家和一位法语作家。
②　这本书写于作者被纳粹当局流放期间，于作者自杀后出版，包含了对欧洲文明的融合与分裂的思考。

了一个商业创意是如何令人惊讶地实现的："能够顺利搬进谷物市场上的一间漂亮公寓是梦幻般的意外之喜——那时我更倾向于将其视为一次花费高昂的度假。但是，当考虑到什么样的机构即将搬进'我们'漂亮房子里尚未出租的商铺时，这种隐隐的担忧撞上了他山之石的匮乏，也就是说，我没有在海德堡找到在我所有待过的城市（波恩、图宾根、法兰克福、苏黎世）里都能找到的那种书店，而我一度不假思索地认为每座城市理应有一家那样的书店。于是，我冒出了一个大胆的想法：即使作为一个未受过职业训练的、没有商人头脑的、上了年纪的人，我也能扭转颓局。"

于是，博雅教育书店应运而生。根据店家的宣传，这是一家"为哲学、诗歌、艺术、科学而生，一切皆可订购的书店"。贝鲁特说，其产品种类与他私人书斋中的几乎没有区别。博雅教育书店的库存共有 1500 种，但或许正是这种精致的、易于管理的规模吸引了人们造访这家小店。我曾在 20 世纪 80 年代与克莱门斯·贝鲁特一同参加图宾根大学克劳斯-彼得·菲利皮（Klaus-Peter Philippi）教授的日耳曼语言学高级研讨课，这是另外的故事了。彼时彼地，他经常光顾那家可敬的加斯特尔书店，它的楼上飘荡着 1977 年去世的哲学家恩斯特·布洛赫（Ernst Bloch）的魂灵。

# 第六章　杯水朗读的生命力

　　姜还是老的辣。在20世纪90年代末，以通俗大众文学为代表的媒介现象传播了这样一种观念，即"经典"阅读的时代已经过去，文学领域也可以制造声势浩大的"事件"。在文学被赋予娱乐任务的地方，文学的传播不能隐身幕后。文学与其他盛事的竞新斗巧，从文学节的繁荣就可以看出：如果邀请著名的演员或电视主持人到场，吸引消费者就轻而易举；借助一些音乐或美食活动，伟大小说的晦涩艰深就会变得可以忍受。几年后，当时在希尔德斯海姆任教的文化学家斯蒂芬·波伦布卡（Stephan Porombka）登台宣布了所谓的"杯水朗读"的终结，因为它体现了一种"相当古老的文学概念"，意即"古老的新教文学教会"以及"从媒体社会的角度来看已经过时了"的"文学概念"。取而代之的是，波伦布卡认为，为了正视"人们对待文本"的现状，吸纳"媒体竞争"和日常琐碎的文学形式是必要的。

这听起来十分激进，似乎想把德语世界里深受喜爱的一种活动形式驱逐出境。当然，在我们这里广为人知的朗读会在其他国家并不那么受欢迎。邀请美国、英国或法国作家前来做客的人都熟悉那种惊讶的目光。为什么观众会耐心聆听作者在简陋的环境下——大多数时候身旁最多摆着一杯水——用一个小时的时间朗读一部本可以舒舒服服坐在家中沙发上欣赏的已出版小说？在巴黎或纽约，没人会这么做；那些地方占主导地位的是签售会或圆桌讨论，如果无法避免举办一场朗读会，人们会尽量把时间控制得很短。当我向位于马里波恩高街的伦敦但特书店分店的总经理询问活动的举办形式时，他毫不客气地笑答："哦，我讨厌朗读会！"

德国、奥地利和瑞士完全是另一番光景。在这些地方，（有主持人的）朗读是作为保留节目而存在的活动形式，甚至在近几年攀上了新的人气高峰。无论当下关于文学声誉或图书未来的形势如何严峻，朗读会的流行程度都丝毫未减。新的活动形式在各地层出不穷，节庆活动如雨后春笋般涌现，目的都是在于聆听作者的声音，更好地了解他们。几十人甚至上百人聚在一起近距离接触作家，显然是我们文化中不可或缺的一种现象。即使在网络时代，作家的"光环"也并未沦为明日黄花，而是似乎成了一个日渐重要的因素。我们希望听到诗人是如何朗读的，如何表达自我，如何谈论自己的文本，我们想把他的签名带回家。

参加朴素的杯水朗读会是一种日益增长的需求，这无关天才崇拜的养成。因为人们意识到，这里没有废话唠叨，没有音乐，没有幻灯片演示，没有品酒会，至多是与作者就自己印象深刻的句子进行扎扎实实的对话。是的，热爱文学的读者们似乎已经受够了过度的工具化，渴望自主，渴望文本。也许杯水朗读是所有 Twitter 和 Facebook 狂热的反对者最后的堡垒之一，它认为文本与评论的结合应该是必须且及时的，文本中自我肯定的或矛盾的时刻是可见的。

人们之所以参加作者朗读会，是因为它提供了一个现场接触创作者、将其与其作品直接联系起来的独特机会。在很长一段时间里，这种做法是饱受唾弃的，因为人们从中看到了对将作品视为传记的阅读方式的支持和陈旧的天才崇拜。当然，作家在朗读过程中总是能够触发无关文学的时刻，这些插曲与其散发的个人魅力有关。人们可以表达抱怨，但这种状况是无法改变的，除非废除朗读会。

让自己投入一个小时的时间朗读一本小说，是一项挑战。作者在舞台上朗读，偶尔呷一口水（或者像费里敦·扎莫鲁①那样连干几大杯冰水），观众静静地聆听——这样单纯的情境是一种强求，特别是涉及一件令人耳目一新的、复杂的审美构成物时。那么，伟大且重要的文学作品在什么时候容易找到销路呢？如果人们坚持认为，作为一种语言艺术品，文学是不同于其他话语形式的，那么文学的本质、朗读会的本质正在于这种奇异陌生的特性。在社会上的任意地方，只要存在快餐文化猖獗和消费者预期难以满足的趋势，杯水朗读都是一种必要的纠正，犹如一座堡垒，抵御娱乐狂热和愚蠢妄想，哪怕其源头是那些坐拥社会文化控制权的人。

① Feridun Zaimoglu（1964— ），土耳其裔德国作家，以探讨土耳其移民在德融入问题的移民文学见长。

朗读会通常在图书馆、文化机构、俱乐部和文学之家进行。当然，它们也散见于许多在城市中享有盛誉的书店。幸运的是，总有一些无畏的书商——尽管没有得到任何来自公共财政的补贴——坚持促成远道而来的作者们与他们深深感谢的读者见面。朗读会提高了顾客的忠诚度，但从经济角度来看，即使傍晚的签售台被围得水泄不通，这也多半是个亏损业务。抱着对强化书店特色和培育熟客的期待，主办方要承担作者的酬劳和差旅费用。另外，作为一场名副其实的杯水朗读的最高荣誉，备受诟病的"观众提问"环节也变得令人更容易忍受了。毕竟，谁会愿意错过这样一句真诚的提问——"您为什么写作？"

应邀参加朗读会的作家大多是友好的客人，因为他们确实受到了盛情邀请。他们之中的聪明人还知道，永远不要低估零售业和口碑的力量。像西格弗里德·伦茨这样的老前辈从不错过以天使般的耐心与其读者进行接触的机会，甚至在面对提着一袋子20世纪50年代初印本的读者时依旧表现得十分宽容。第欧根尼（Diogenes）[①]青睐的作者贝内迪克特·韦尔斯（Benedict

————————

[①] 位于瑞士苏黎世的文学出版社。

132

Wells）之所以迅速成为业界宠儿，是因为他会花心思回答读者提出的每一个问题，而且往往在签售台后一坐就是一两个小时。

但是，每一个经验丰富的书商都知道，有些作家是特别敏感的艺术家性格，因而对公开露面很是焦虑，也会怀揣一些让主办方为难的期望。例如，沃尔特·坎波夫斯基（Walter Kempowski），根据他爱在晚上闹脾气的性格，就被认为是一位麻烦的、不留情面的客人——特别是当酒店或食物没有达到他的期望时。一个可能发生的情况是，在签售环节中，他强硬地抱怨："我不签平装书！"一位来自汉堡尼恩多夫区的书商尽管没有同坎波夫斯基打交道的糟糕经历，但对她来说，与某位发色灰白的德国图书奖得主共度的某夜也称得上是一段痛苦回忆了：在检查活动场地时，获奖者道出了"桌椅轴承不对，我需要新家具"的惊人之语。毋庸置疑，对于书商来说，这只是一个更多挑战伏伺在前方的夜晚的开端……

让我们诚实一点：一些朗读会令人疲惫至极；一些当代作者尽管是友好的，但可能说话含糊、惜字如金，要么朗读时间太长，要么害怕面对公众。这让人们想起

了罗里奥特 ① 的电影《吝啬一家》中一个特别精彩但也足够惊悚的、在一片混乱的打嗝声中结束的朗读会场景。为了消除赋闲在家的无聊感，提前退休的海因里希·洛泽参加了知名作家弗罗威恩的朗读会（他的人物原型之一是彼得·汉德克），后者这样宣布自己的紧凑日程："首先，我将朗诵出自《告别》系列丛书的 22 首诗。然后是——（对音响师）请大声一点！——我早期创作时期的 8 首民谣。接下来是十四行诗集《十二个月》。再然后是小说《恩培多克勒》中的三章。最后是名为《歌德在哈尔伯斯塔特》的三幕悲剧。最后的最后是我们的交流时间。"

维也纳作家兼书商佩特拉·哈特利布（Petra Hartlieb）在她那本鼓舞人心的《我的奇妙书店》（这本书让她成为奥地利最知名的书店行业协会代表）中指出了朗读会的另一个有趣的心理伴生物："一年中的许多个晚上，我都坐在活动室通风最好的角落里，在一张放着书和一个小收银盒的桌子后面。我是一个无名者……我是图

---

① Vicco von Bülow（1923—2011），德国大师级喜剧演员、漫画家、作家、导演，罗里奥特（Loriot）是其艺名。

书展示台服务员。因为只要书商不再在书店里走来走去，而是待在一张桌子后面，他的身份地位就会发生巨大的变化。在我的店里，我是一个称职的对话伙伴、专家和老板，很多客户从我这里获取个人建议时都非常高兴。但如果我脱离了活动区域，也就是说，待在旅馆、画廊、剧院门厅等地的书桌后面，我就成了缺乏个性的存在、次要的推销员。……书桌就像一堵墙，隔在我和晚上的主角之间。与我在各种聚会上进行过有趣对话的作者和出版人从我身边经过，就像不认识我一样。"

佩特拉·哈特利布说，类似的无视不会发生在她自己的书店里。在那里，在为了开始小说创作而退休之前，她一直都是位精力充沛的女君主。她的书店位于维也纳第九区的瓦宁格街，离人民歌剧院不远。任谁走进店里，都会首先并一次又一次地吃惊于其目不暇接的品类。仅仅是库存的丰富性就能让访客在一瞬间心花怒放；精挑细选的文学作品一直堆到了天花板，只有用梯子才能到达书架的顶层。了不起的是，哈特利布和她的团队似乎十分清楚每本书的摆放位置。

从弗伦斯堡到克拉根福①，勇敢的书商们并没有因为作家朗读会可能带来的种种不便而退缩。他们不知疲倦地组织朗读会，百花齐放。他们之中的一位代表人物名叫佩特拉·迪特里希，在吕根岛上的京斯特经营着一家蓬勃发展 10 年之久的书店。②两度摘得德国书店奖的她很清楚自己能向吕根岛居民和众多游客提供什么东西：地方性图书自然是不可或缺的，关于吕根岛或希登塞岛的一切都可以在她的陈列品中找到；此外还有精选的儿童和青少年文学作品、兼顾小型出版社和边缘文化的文学活动安排表，以及花样繁多的彩色猫瓷像。熟客们在购书时还有机会得到一杯沙棘利口酒作为酬谢。

沟通行家迪特里希在组织活动和践行年度活动安排时表现得极为出色，而且它们非常值得一看。每年大约有十几场活动，大多数并不在她位于京斯特市场

---

① 两地分别是德国北部边境城市和奥地利南部边境城市，作者意指德奥全境范围。
② 这家书店的名字就叫"书店"（Der Buchladen）。

的小小书店里，而是在十公里外的瓦什维泽艺术谷仓（Vaschvitzer Kunstscheune）——一位柏林的朋友和支持者为她提供的场地，可以容纳120名客人。近年来造访过幽静的瓦什维泽的作家包括玛丽安娜·莱基（Mariana Leky）、伊西丝·沃尔夫（Iris Wolff）、朱蒂斯·塔什勒（Judith Taschler）、特蕾西亚·莫拉（Tezia Mora）、汉斯–约瑟夫·欧泰尔（Hanns-Josef Ortheil）、格雷戈尔·吉西（Gregor Gysi）和托马斯·拉布（Thomas Raab）。佩特拉·迪特里希讨人喜欢，让人难以抗拒，这也意味着她举办的朗读会营收可观。在其他地方，有20%的顾客在朗读会后购买一本书，就很值得高兴了；而在瓦什维泽，不买书的人才是少数。恐慌性购买是一种可能的因素，毕竟人们怎么舍得让这位书商意识到他们只想把钱花到别的地方去呢？

定期与作者见面时，书商总是有很多话想说。反过来也是一样：即使是最愁眉苦脸的作家（他们似乎把参加朗读会当成巨大的负担），打心底里也乐于体验这种奇异古怪的感觉。特别是那些受困于灵感瓶颈的作者，他们在绝望中终于释放出来的文字，几乎都与自己在文学之家或书店的经历有关。"我在朗读会行程期间经历的一切"在当下几乎已经成了一种独特的文学流派，赫尔穆特·卡拉谢克（Hellmuth Karasek）的《在路上：我是如何读懂德国的》就是一个例子。

在销量不断下降的时代，朗读会已经成为作者重要的收入来源——正如上文所说，亦不失为一种灵感来源。作者未必清楚自己接下来要写什么故事，因此，就算是主题不明的朗读会行程也会启发他们记叙一些美好的片段（甚至最好是难忘的可怕经历）。在安克拉姆、万纳艾克尔、穆尔哈特、万纳艾克尔或弗赖拉辛 ① 登台后遇到的完全意想不到的情况，也是各有不同的。

有些活动室闻上去像是冷掉的土耳其烤肉，有些酒店的地毯脏得让人不愿脱掉袜子；业余大学的负责人在开场致辞中暗示自己平时更喜欢看电视上的欧冠比赛，

---

① 位于德国东西南北的 4 座中小城市。

—

对这本等待讨论的书则只字未读。更不用说的是正如德国铁路公司日复一日上演的那种"惊喜"①，以及除了组织者及其亲属之外无一人到场的夜晚。

克劳斯·西布列斯基（Klaus Siblewski）和汉斯-约瑟夫·欧泰尔对维也纳一家档案馆进行馆藏研究后编著的小书《理想的朗读》非常有趣，而且反映了实际情况的复杂性。在档案馆里，编辑西布列斯基发现了奥地利文字魔术师恩斯特·杨德尔（Ernst Jandl）的几页手稿。对杨德尔来说，朗读是他精心准备的作品。忍无可忍的他决定时时对组织者予以"指示"，希望以此让自己的登台尽善尽美，避免引起争议。看起来，他不喜欢顺其自然：必须准备一把"舒适的椅子"，以及"无汽的、温度适宜的水"；下榻的酒店必须有电梯；签名前，远不止是朗诵者的他习惯于先抽烟休息片刻；恕不接待带着"整整一个行李箱的早已绝版的书"的"名人签名私人收集者"。即使是工作完成后的后续事宜也经过了慎重考虑："活动结束后，恩斯特·杨德尔很愿意在小圈子里进行社

①　列车时常晚点是德国铁路公司饱受诟病却令人无可奈何的问题。

交聚会。在一家符合中产阶级品位的餐厅订位会受到作者的赞赏。但是请您事先询问厨房打烊的时间，因为你们可能要在晚上 11 点左右才能抵达餐厅。"

杨德尔的一丝不苟令人振奋——尤其是对他的同行后辈来说。因此，西布列斯基和欧泰尔向 20 几位作家——从阿历克斯·卡珀斯（Alex Capus）到罗恩·温克勒（Ron Winkler）[1]——询问了他们"最美好或最糟糕的朗读经历"，以及他们梦想中无与伦比的朗读会该是什么样子。他们的回答是高度多样化的经验之谈，以及列举不足之处与渴望的清单。它们表明，登台似乎比写作本身更令人困扰，甚至像是一种折磨。例如，马克斯·戈特（Max Goldt）经历过黄蜂袭击、大狗跳上舞台和灯管爆炸等事故；凯斯汀·亨塞尔（Kerstin Hensel）则见过一家女性书店的女老板准备在必要时用手枪吓退企图入场的男人，娜嘉·屈兴迈斯特（Nadja Küchenmeister）则讲述了她对被提供花生酱味膨化零食的恐惧："因为一看到花生酱味膨化零食，她就会想起自己生命中的一段时

---

[1]　二人分别为历史题材小说家和诗人。

光，那是她在朗读时不愿回首的。"

作者必须忍受的最持久的痛苦之一，在于意识到自己的受邀只是疏忽的产物，而人们喜闻乐见的其实是另一位作者。颇具洞察力的阿兰·克劳德·祖尔策（Alain Claude Sulzer）对一名书店女店员的口误进行了十分可信且引人深思的记载。在背诵了一段摘自维基百科的传记式人物概况后，她带着宣布祖尔策为"阿兰·克劳德·苏特"的"美中不足"，热烈地欢迎了他。祖尔策对这个大错特错的称呼十分气恼，思绪立刻开始盘旋："她宁愿把马丁·苏特（Martin Suter）介绍给热心的观众？当然了，不然还能怎么解释这个失误呢？他的出场费是不是太贵了？当然，他很贵！所以，主办人拗了拗记忆，或者在她的书架墙前走来走去，盯着并排放在一起的祖尔策和苏特的书。她想：'我请不起苏特，祖尔策还行，那为什么不请祖尔策？'"

有经验的"舞台艺术家"知道如何应对种种痛苦。多年来，为了应付讨厌的主办方和观众，他们练就了各种微妙的报复形式。弗利德里克·梅吕克（Friederike Mayröcker）这样斩钉截铁地回答无意义的插话："有人问我'你到底是怎么写作的',我回答,'我写作就像弗朗西斯·培根 [①] 画画一样'。"——这样很可能不会再招来任何磨人的追问了。米夏埃尔·克吕格（Michael Krüger）十分清楚如何安抚可能失去耐心或变得疲惫的观众，让他们心情愉悦。他对于缺乏经验的朗读者们的建议是："太长的停顿也会惹毛观众，导致他们起身就走。绝对不能问'是不是到这里就够了'，因为这可能危险地导致所有观众立即离开。重复念上三遍一首关于在潟湖上观赏威尼斯的诗会招致不满，因为它在暗示观众之中没有一个人去过威尼斯。最好在时间过半时就说'就快要结束了'。"

失败的可能性是无穷无尽的，因此，善意的谎言也是业务的一部分。约翰·冯·迪费尔（John von Düffel）甚至能列举"不理想的朗读会"的 99 种可能，其中一种尤其令那些积极地坐在第一排的人不悦："你的嘴唇是干的，但讲起话来唾沫星子横飞。"

西布列斯基和欧泰尔收集的朗读会灾难大全对于书

---

① Francis Bacon（1909—1992），爱尔兰画家，笔触犀利，画风诡诞。

商来说是一种帮助，但也可能招致他们的恐惧。有些人读罢《理想的朗读》，可能会不敢邀请现实生活中的作者。他们或许会请两三位演员，不过，演员在任性的名声上不是比作家更胜一筹吗？

很明显：作家和书商可以完美地互相成就，为此我们应该感谢朗读会这一活动形式的兴旺繁荣。一家从不接待作者的书店是不完整的。也许杯中的水可以替换成白葡萄酒。

# 第七章　阅读能否带来幸福

　　如今，作为一名书商，保住自己的职业无异于一场斗争。逐渐荒凉的内城，让人在沙发上就能轻松下单的互联网，不断下降的读者数量和销售额——不乏抱怨的理由，而且抵抗它们需要付出巨大的努力。我在前面几章讲述的故事就是这种抵抗的例子。这些成功的故事有的发生在马斯特里赫特，有的在吕根岛，有的在维也纳，有的在黑尔纳。人们不必陷入狂热的怀旧中，认为以前的苹果更好吃，过去的足球赛更好看，以及——出于对"阅读天堂"的神往——书店业曾经更美好。讲述书店的故事，被书商的工作热情所感染，就足够了。不过，我不属于这样一种人：无视所有警报信号和弊病，说着"书籍将永远存在"或"书籍的触感无法被任何东西取代"之类的话，把头埋进沙子里。而且，对阅读大唱赞歌也引起了我的过敏。

"合乎人类尊严的生活只配得上读书的人"——坦白讲，我实在受不了听到或看到这种过分的颂扬，这种醉醺醺的欢呼，这种欢天喜地的自吹自擂，这种暗示性的催促怂恿。多年以来，"阅读使人幸福！"这句肤浅的、危险的话阴魂不散地频频现身于报刊小品文、图书推荐博客和生活指南类图书市场。一个建立在许多半真半假的前提下的断言，并不会因为被大力重复而变得更加合理。当然，阅读的乐趣首先是由那些相信或愿意相信阅读的不可或缺性和有用性的业界人士所宣传的：编辑、图书馆馆长、文学评论家、出版人，当然了，有时还有书商。达成这种信念的人堪比认为"人们只有通过可靠的服务和畅通的管道才能获得安全、幸福的生活"的水管工。

当然，阅读宣传者并不是对任意形式的读物都感兴趣。始终被赋予特别重要性的是文学，它的具体用途是模糊的，因而可以与不那么明确的幸福概念很好地结合起来。这也许已经是第一个基本谬误了，因为被认为能够带来幸福的，或许更多地是那些务实、可理解的作品，如《轻松做面点：100道简易食谱》或者《拖拉机老手的修理手册》。这些标准作品①中的技能强化读物产生的效果可以用手——确切地说，是全部感官——来把握。仔细研究这些说明的人可以在短短几周后烹制出像样的戈尔贡佐拉通心粉，并修理一台小拖拉机，从而体验到美妙的满足感，乃至幸福。小说是截然不同的，那往往是些关于失败的婚姻、可怖的自杀和血腥的战争的惨痛故事。将有助于丰富生活的元素筛选出来是一个复杂的过程，而"阅读使人幸福！"这句宣传口号并不足以让人领会这个过程。

我们喜欢在黑暗的森林里制造噪声，来消除我们对女巫和怪物的恐惧。正是出于这种原因，对阅读的呼吁声正变得越来越响亮。明确的统计数据证明阅读人数在下降，越来越多的小学生无法理解区区20页的"整篇文章"，而且非正式采访越来越清楚地表明，除了埃马纽埃尔·马克龙以外的政治家只会表示喜欢在假期里阅读"一本好书"（传记优先）。这一切促使阅读的辩护士们更

———————————

① 指在所在特定知识领域内获得广泛共识的作品。

加猛烈地敲击警钟。言辞犀利的推荐人埃尔克·海登莱希（Elke Heidenreich）早在 2003 年就坚称："没有阅读，我们就会变得愚蠢。阅读使人幸福，我是这样认为的。"四年后，斯特凡·博尔曼（Stefan Bollmann）发表了《阅读为什么使人幸福》。但这还不够：很快，这位作者又写出了两本书《阅读的女人危险》和《为什么没有歌德的人生毫无意义》——仿佛罗里奥特喜欢引用的那句名言"没有票子的生活是可能的，但毫无意义"把人生概括得还不够全面似的。

最近，《法兰克福汇报》前文学部主任、皮柏（Piper）出版社①现任社长菲利塔斯·冯·洛文伯格将一本《阅读指导手册》推向了市场，延续了上述趋势。成功的"指导手册"系列过去只限于为去西西里岛或挪威旅行提供实用的建议，现在看来，似乎是时候推出针对阅读的"说明书"了。顺便一说，该书的封面展示了一个穿着及踝牛仔裤的无头女人，手指和脚趾的指甲涂成醒目的红色，正颇为怪异地阅读一本空白的书。

---

① 位于德国慕尼黑，主营文学类和非虚构类图书。

《阅读指导手册》做了每个害怕失去一种非常古老的文化技术的人都会做的事情。这本书援引了翁贝托·埃科（Umberto Eco）这样的资深书虫的话，以及无数的研究论文，绝非意在仅仅把阅读作为一种教育或认知工具来赞扬。不，"好的、真实的、美好的、深入的阅读"被看作一种万能的武器；如果一个人足够早地开始阅读，就能确保更高的收入、更长的寿命和批判性思维。当然，根据洛文伯格的说法，它促进了情商和移情能力，使我们——水到渠成地——成为更好的人："此外，小说家精通人际交往，而且明显更友善、更有同情心。"

毫不奇怪，这本指导手册更像是一种使用邀请，《阅读使人幸福——和善良》这样的章节标题诱惑我们给白宫送去一些冯塔内（Theodor Fontane）或狄更斯（Charles Dickens）[①] 全集。在这些时候，我们只得搁置如下事实：相当不讨人喜欢的文学爱好者是存在的：约瑟夫·戈培尔拥有日耳曼学博士学位；较高的艺术品位并没有阻碍无数的犯罪恶行。

---

① 二人均为 19 世纪著名现实主义作家。

无论在哪里，阅读都被赞美为一种促进幸福的手段，令人不安的因素则被忽略了。无人提及的是，惹人厌烦的、折磨人的、增加不幸的书是很多的，它们数以百计地出现在每一场书展上；此外，无论是在文学作品还是现实生活中，被文学毁掉的人都不计其数。例如，古斯塔夫·福楼拜（Gustave Flaubert）毫不犹豫地指出，他的女主人公艾玛·包法利的梦幻泡影是主要靠书本滋养的。阅读腐蚀了这颗年轻的心。豪宅、城堡、激情燃烧的恋人或骑士涌现在艾玛贪婪享受的浪漫主义音乐和文学作品中，为受到蒙蔽的女性读者勾勒出一条条虚幻的人生道路：那里的"生活现实"具有"令人感伤的美妙魔力"——真是灾难。毫无疑问，这些书对艾玛·包法利造成了巨大的伤害。

很少有"阅读-幸福"的预报者会想起阿莉达·阿斯曼（Aleida Assmann）[1]。她指出，陷于沉思的阅读会导致"逃避主义"，从而可能导致"生活不幸"。同样不为人知的还有文学评论家乌尔里希·格莱纳（Ulrich Greiner）

---

[1] 德国知名文化学者。

的尖锐言论："阅读就像骑自行车或使用电脑的能力一样，是一种文化技术，人们必须掌握它，才能在这个社会中生存。它与幸福无关，恰恰相反：持久的、真正的幸福可能是由彻头彻尾的愚蠢组成的。"

由此可见，幸福和阅读都并不那么简单。"读书使人幸福！"这句话听起来的确顺口好记。但人们已经不再无限制地相信类似"肉是生命力"[1]这样的旧口号了。没有人会因为期望获得更长的寿命或更高的收入而增加购书量。当阅读一部优秀的、令人大开眼界的小说被与对救赎的期待联系在一起时，这不是什么好兆头。

要是在未来 5 年内都不听到"读书使人幸福！"该有多好。对这句话的通货膨胀般的使用或许是最值得警惕的危机迹象。人们无法通过不断地自我鼓劲和向自己展露自信来摆脱图书行业所处的防御性状态。

———————————

[1] 20 世纪德国农业中央营销协会接受联邦德国政府委托推广公民消费肉类而制定的宣传语。

如果这本"爱的宣言"不能也不愿以无拘无束的、老生常谈的"幸福"作为总结，那么至少让我用以下观点取而代之：令人眼花缭乱的书店是值得支持、保护和称赞的。它们维系着人对书和阅读的欲望。数以百万计的数据和文本可以被储存在极小的空间里——这是书籍所特有的魔力，在几乎任何一家书店都可以体验。近年来，出生在阿根廷的加拿大人阿尔维托·曼古埃尔（Alberto Manguel）比任何人都更为透彻地描述了这一点，他的《阅读史》不仅是一座宏伟的引文和逸事宝库，更是对人们购买、阅读和收藏书籍的莫大鼓励。

　　我们对内容的解释取决于它们呈现给我们的形式，阿尔维托·曼古埃尔深知这一点。以阿尔弗雷德·德布林（Alfred Döblin）的《柏林，亚历山大广场》为例，探着脖子看一本初版书①，把平装重印本拿在手里阅读，或者阅读电子书，这三者之间有着本质的区别。正如曼古

————————

① 　这本书的初次出版时间为 1929 年，是以现代人辨认起来较为费力的尖角体印刷的。

埃尔在《隐秘的书斋》中所言，"文本的物理化身"仍然是不可或缺的。"印刷术的发明导致了一种错觉，即所有的《堂吉诃德》的读者都在阅读同一本书。如今我仍然觉得，倘若印刷术从未问世，那么每一本书都是独一无二的，因为它是手工制作的。"

阿尔维托·曼古埃尔当然清楚，许多读者不再重视这些所谓的形式因素，认为它们与内容毫无关系。他提醒他们，书籍，这些"记忆的仓库"，在感性存在的层面上自述着内容，并时时改变着内容，这是曼古埃尔的巨大功绩之一。顺便一说，人们应当记住他的那句"我以貌取书"。

当书籍以这种方式陪伴人们时，不言而喻，人们无法轻易地与它们分离。作为收藏家兼读者的曼古埃尔悉心照管这些宝贝，知道它们的固定摆放位置；他承认，找到合适的房子对这样一座书斋的主人来说是一项过于艰巨的任务。

在《夜晚的书斋》中，曼古埃尔讲述了他"强加"给家人的一切："后来，在我位于多伦多的房子里，我把书架放得几乎到处都是——卧室和厨房，走廊和浴室，连门廊上也摆满了书架，以至于我的孩子们最终抱怨说，以后他们想进入自己的房间，就需要一张图书馆借阅证了。但就算我给我的书腾出再多的空间，还是不够摆下它们。"

通过精简库存来抵制这种扩张的冲动是不可能的。把书从书架上拿下来，把它丢在（或许是）旧纸箱里，这不仅是一种亵渎，更是自毁。因此，曼古埃尔的作品对于所有无法与书籍分离的处境相似者来说是一种鼓舞，对我亦然。如今，我不再考虑从我的书斋中移除所谓的多余的东西，因此，再奇怪的书也享有"永久居留权"，比如弗朗茨·沃尔岑穆勒的《正确越野滑雪》，尽管我已经30多年没有进行过这项休闲活动，也没有重拾的打算了。或者例如一本来历成谜的《自行车维修之书》，它让我相信，即使是简单的换内胎，我也要教它失望了；这部有用性不容置疑的作品是由比勒费尔德（Bielefelder）出版社 ① 出版的，正因为我没有该出版社的其他书籍，所以将其从我的收藏中删除是极不合理的。

---

① 位于德国比勒菲尔德，是德国领先的骑行路线图出版商。

阿尔维托·曼古埃尔和我都知道：如果把一本不显眼的书丢出家门，仅仅几天后就会发生这样的事——突然急需的正是这部被剔走的作品。谁知道呢，也许我很快就要钻研越野滑雪技术或者自行车维修技术的历史了。如果我手边刚好没有这些书，那就太可惜了。在这种态度上，和许多人一样，我要感谢曼古埃尔的鼓励。

为了秩序起见，他顺便分享了一个自己生活中的例外。布雷特·伊斯顿·埃利斯（Bret Easton Ellis）的《美国精神病》让他很不舒服，以至于没有得到"居留许可"。由于担心它会"感染"其他作品，曼古埃尔将它逐出了自己的书斋。

# 第八章　书店是"思想空间"吗?

　　咱们平心而论:有时候,书籍受到了过分的吹捧;有时候,那些没完没了地赞美纸质书并认为世界末日将随着纸质书的消失而到来的人,会让人想起走进地窖就开始大声吹口哨或唱歌的胆小鬼。书籍当然是文化产品,这就是为什么它们被赋予税收优惠,并且值得赞赏的是,只能以固定零售价格出售。我们默认且不谈论这样一个事实:"文化财产"一词的定义非常宽泛。而且,当然了,不是所有离开印刷厂的东西都有文化属性。"书籍作为一种文化财产,是一种特殊的商品。在不损害贸易的生产和分配阶段以及社会的前提下,它不能暴露在不受制约的市场规律之下。"奥地利作家和作家代表格哈德·鲁伊斯(Gerhard Ruiss)的这一表述是图书相关从业者之间的一种共识——尽管偶尔会导致夸大形势和自我吹嘘。

上述特点也适用于提供这些"特殊商品"的地方。书店并不会凭借文化性自动成为有别于五金店或美妆店的神圣场所。或者用施瓦本语来讲："S'gibd sodde ond sodde，abbr meh sodde wia sodde.（事物千姿百态，层出不穷。）"有句话是对所有那些没有在威利·莱谢特和马蒂亚斯·里西林[①] 所在的地方长大的人说的：重要的是去粗取精，而有些书商与文化的关系"密切"得就像牛与翻筋斗一样。

因此，让我们来谈谈那些不满足于查看账户余额的书商们——尽管营业额对他们来说可能很重要。他们想把好的文学作品带给大众，想发挥政治和社会批判方面的作用，认为提升效率或自我优化都不是目的本身。相反，他们得体地向顾客施加教育上的影响，推广任何类型的"好书"；他们绝不会售卖蒂洛·萨拉辛[②] 的劣作，而且坚持认为，如果没有文学的拓展思想的力量，我们的人生将变得更加贫瘠。

--------

[①]　二人均为巴登符腾堡州出身的著名喜剧演员。

[②]　Thilo Sarrazin（1945—　　），德国政治家、经济学家，2010年发表了讨论移民融合问题的畅销书《德国自取灭亡》，引起巨大争议。

被以上述方式看待的场所在功能上与五金店或美妆店（当然，我们不想以任何方式低估它们）是不同的。它们不仅以其精挑细选的品类为生，同时还提供了一个交流知识的论坛。德国前总理赫尔穆特·施密特使用了一个适合于日常生活的、再恰到好处不过的概念，将书店形容为"精神的加油站"。这个说法无可辩驳——加油站，必要的补充点，没有它们，就不可能继续前进；没有它们，精神受到的振奋就不足够。

请允许我介绍这样一座尤为精致的加油站，它位于汉堡，也为赫尔穆特·施密特所知。让我们来到汉堡市中心的新墙街，在这里，那些不属于上层阶级的人会把钱包攥得更紧，通常只看不买。这条光芒四射的大街起始于最受欢迎的旅游目的地之一——内阿尔斯特湖的处女堤，它长达近 600 米，尽最大努力巩固着作为欧洲主要购物街之一的声誉。

时尚奢侈品在当今是如此的引人注目，但这并不能掩盖新墙街长久以来的秘密统治者：图书和艺术品商人费利克斯·朱德。离阿尔斯特河只有几步之遥的新墙街 13 号，自信和执拗地捍卫着自己的祖传之地，就像奇迹一般。多少投资者匆匆路过时都皱起了眉头，计算着：要是能让这家奇怪的书店搬走，这个地段的营业额该有多么惊人啊。

一切事实表明，投资者的愿望难以成真。费利克斯·朱德图书和艺术商店（Buch-und Kunsthandel Felix Jud）坚守在其孤独的位置上，在外观的低调和张扬之间维持着平衡。自 1948 年以来，除了短暂的中断之外，书店一直在新墙街营业。门前经过的人很难对它不加留意。各种各样的陈列品被精心布置在高大的橱窗里，偶尔会让人联想到剧院舞台，而不是单纯的装饰，这构成了第一印象。一张摆放着精选平装书的桃花心木桌子，一个摆放着促销书的质朴的樱桃木箱子——这是对那些犹豫不决的路人的小小让步——排列在入口处，营造出一种诱人探访的气氛。在跨过门槛的瞬间，你就会被精致的氛围包裹起来，这就是曾在罗沃尔特（Rowohlt）① 从事

---

① 位于德国汉堡的大型综合性出版社，今属霍尔茨布林克出版集团。

出版工作的时事评论家马蒂亚斯·魏格纳给予书店的形容:"面貌高贵"。尽管樱桃木占据了人们的主要视野,这家图书和艺术商店依然散发着一种通透感,丝毫没有一些古书店或过于坚持传统的书店的那种锈迹斑驳的、灰扑扑的沉闷感。毫无疑问,这里是十分雅致的,但一切似乎都在避免给人留下任何精英主义的印象,并且在许多情况下饶有风趣。

书店的起始可以追溯到1923年。"在那个时候建一家书店得要有多大的勇气。物资匮乏年代的人民对精神养分的需求绝对不能被高估。"作家瓦尔特·肯波夫斯基(Walter Kempowski)在1973年11月受邀出席书店的50周年庆典时满怀敬意地感叹道。肯波夫斯基有足够的理由对这件发生在半个世纪以前的汉堡的事情感到惊讶:当时,距离第一次世界大战结束五年后,1899年出生于下西里西亚省的年轻书商费利克斯·朱德冒着风险与他的商业伙伴埃尔娜·克拉赫特一起开设了"汉堡书屋"(Hamburger Bücherstube),书屋很快就被简称为HaBü。在开业典礼的邀请函上,这对商业伙伴说明了他们的意图,并向"文学素养良好的汉堡公众"保证,要建立一个"好书和美书的保管所",并提供"可靠的和完全个性化的建议"。

书店的指导原则正是如此。从今天的角度来看,人们可能会觉得它们有点陈旧、不合潮流。但是,在提出要成为一个"保管所"时,店主就清楚地表述了自己主张,而这一点几乎至今未变。在销售策略和营销手段上,费利克斯·朱德的店也早就适应了不断变化的市场需求。

正如所有认识他的人所证实的那样,朱德是一个出色的、熟练的卖家,非常关心如何将顾客(尤其是女顾客)吸引到自己的店里,以便让他们卷入超越日常生活界限的谈话中,从而与书店建立长久的联结。而且,他是一个勇敢的人,在纳粹时代不仅默默地抗争,还为此在1943年年底被捕,险些丧命于囚禁他的诺因加默集中营。

1985年去世的费利克斯·朱德生前幸运地为自己非凡的书店找到了合适的接管者。最初,经历一番挑剔目光的审视后,出生于南德的年轻人维尔弗里德·韦伯于1962年加入书店,成为店长;此前,他曾在诺伊斯 ① 历练过图书销售的本领。韦伯成功地逐步加强了书店的艺

_____

① 德国北莱茵-威斯特法伦州的一座城市。

术品贸易板块,将其打造为一个坚实的第二支柱。他继承了企业创始人朱德的意志,让书店成为一个"品牌",一座汉堡的文化生活机构。

韦伯于 1972 年成为朱德的合伙人。尽管很欣赏汉萨人的审慎,但他也乐于成为艺术家和戏剧、政治与文学界人士的知己。他的穿着很独特——喜欢佩着精致的手帕,穿着颜色鲜艳的灯芯绒长裤,拿着以英国艺术家大卫·霍克尼的作品为灵感的红色手杖。他知道,当他与顾客面对面交谈时,他们会感到受宠若惊。他的兴趣十分广泛——喜好罗马古典时代和文艺复兴时期,把哈里·格拉夫·凯斯勒[①]的日记视作最重要的读物之一;他与名人通信,在西格弗里德·温塞德[②]和乌拉·贝尔科维茨[③]结婚时担任婚礼嘉宾,与富豪书虫卡尔·拉格斐保持着密切的(传真)联系;在德意志广播电台的一

---

① Harry Graf Kessler(1968—1937),德国艺术收藏家和赞助人、作家、评论家、外交官,也是著名的反战人士。其自德意志第二帝国至第三帝国时期记录的日记是重要的时代见证。
② Siegfried Unseld(1924—2002),德国出版人,1959 年起担任德国顶级人文社科类出版社苏尔坎普(Suhrkamp)的社长,直至去世。
③ Ulla Berkéwicz(1948— ),德国女演员、作家、出版人,温塞德的遗孀,2002 年至 2015 年出任苏尔坎普出版社社长。

次谈话节目中，被邀请点歌时，他挑选了乔·科克尔和大卫·鲍伊的作品，然后对着主持人伊西丝·贝尔本和拳击世界冠军维塔利·克利钦科回忆起了米哈伊尔·布尔加科夫（Mikhail Bulgakov）的《大师与玛格丽特》中的一个夜晚。

2016年夏天，韦伯在阿尔高州度假徒步时意外去世。尽管外界已经将他视作书店的全权代表了，书店的存续还是得到了保证，因为未来的方向在早期就已经设定好了。玛丽娜·克劳特于1976年进入书店做学徒。随后，她在普雷斯特尔（Prestel）[①]出版社实习，并在慕尼黑取得了日耳曼学学位。20世纪80年代中期，她回到了汉堡和她的接受职业培训的地方，并在不久后的1987年得到了费利克斯·朱德提供的岗位，主要负责艺术部。仅仅6年后，克劳特就成了书店合伙人。她与年长自己25岁的维尔弗里德·韦伯组成了一个在很长一段时间内完美互补的二人组。自从这位父亲般的导师去世后，她一直担任总经理，并得到一个经验丰富的员工团队的

---

① 总部位于德国慕尼黑的艺术图书出版社，今属兰登书屋旗下。

支持。

费利克斯·朱德的例子很好地说明，书店可以成功做到的事不仅限于营造一种引起好奇心的氛围，而且还可以提供一种预示着知识附加值的光晕。大型书店和互联网充满了匿名性，几乎不存在真正意义上的选购建议。相比之下，费利克斯·朱德认为，顾客是文学宇宙的一部分。任何在这里寻找读物的人都希望得到面对面的回应，与他人交谈，并得到一本特意为自己挑选的书。

不过，这种明确的、并不算主流的态度，并不是旨在向顾客布道或展露自负，特别是当顾客打算购买的是消遣小说或犯罪小说时。工作中的身体力行，以及唤起人们对书籍真切热情的决心，让费利克斯·朱德一次又一次地打造出了内部畅销书，其中包括汉斯·施蒂雷特（Hans Stilett）新译的蒙田（Michel de Montaigne）《随笔集》、马雷（Mare）出版社出版的盖·德·莫泊桑（Guy de Maupassant）的《在海上》，或者乌尔里希·图库尔（Ulrich Tukur）的长篇小说《音乐盒》（该书在其他任何书店都没有在这里畅销）。

所有使这个地方变得与众不同的努力导致了一种认

识——购买一本书或一张石版画是一种令人愉快的、充实的经历。一个"思想空间"由此开启——这个标签乍看似乎已经过时了，但直到今天，它仍然可以很好地描述这个地方的特质。维尔弗里德·韦伯一直在思考这个概念的时效性。它是在20世纪60年代发展起来的，当时韦伯结识了奥斯卡·弗里茨·舒赫，后者于1963年接替古斯塔夫·格林德根斯，成为德意志剧院的经理。早在20世纪30年代，时任汉堡国立歌剧院的戏剧顾问的舒赫就已经是书店常客了。1963年，不来梅的舒内曼（Schünemann）出版社出版了舒赫和弗朗茨·威尔瑙尔合著的《作为思想空间的舞台》一书。在与维尔弗里德·韦伯的交谈中，舒赫产生了这样的信念：将一家管理得当的书店视作思想空间。

当然，人们必须谨慎对待这个概念。一家蓬勃发展中的近郊书店，如果想为与汉堡市中心截然不同的、更为多样化的受众提供服务，那就最好不要把自己明确为一个"思想空间"。这样做不会带来多少好处。在这些地方进行的琐细工作虽然辛苦，但其目的与维尔弗里德·韦伯的设想相隔并不遥远。一个"思想空间"描述的可能是这样一个地方:人们聚集在一起,侃侃而谈,在对话中探讨当前的社会问题;手不释卷、博闻强识的书商就那些相比互联网花边新闻、报纸评论或粗糙的畅销书更具价值的书目发表意见。"精神空间"存在于亦丰富着这样的"意见广场"。不仅仅是汉堡的新墙街,此类场所同样存在于杜伊斯堡、根斯巴赫或米斯巴赫。

这一概念并没有失去其时效性。在数字时代信息过剩的情况下,创建一个可以在宁静中形成意见和信念的地方是一种必要。"思想"总是多多益善的。

但要注意:仅凭思想是无法成功经营一家书店的。你需要经济头脑,也需要——如前所述——对"思想"产品做出合乎时宜的展现和介绍。在这里,人们也可以从汉堡的费利克斯·朱德那里借鉴一些东西。通往"思想空间"的入口是书店橱窗,由1979年以来一直在书店工作的克劳斯·拉迈尔负责造型设计。经过日积月累的尝试,他成功地开发出一种极其特别的笔迹,为呈现在橱窗上的文字确立了极高的审美标准。每过一周,几面橱窗中的一面就要接受重新设计。它们是书店的镜子,以其内容重点为导向，对创造力几乎没有任何限制。有时，店方会对城市中的重要政治事件作出反应，有时则指向与民众有关的国家议题——例如，在1985年5月，联邦总统理查德·冯·魏茨泽克举行了备受关注的关于1945年战争结束的演讲，书店对此的反应是布置了一面主题橱窗。

1971年，在瓦尔特·肯波夫斯基的小说《聪明的孩子》出版之际，书店策划了一个非同寻常的物品展示会，其采购工作由维尔弗里德·韦伯负责。肯波夫斯基的写作方法和小说情节的发展借助纸箱和建筑板一目了然。2002年，为了纪念1945年被害于萨克森豪森集中营的律师和抵抗者汉斯·冯·多纳尼的100周年诞辰，书店为他举办了一次橱窗展览。多纳尼的儿子克劳斯和克里斯朵夫提供了家族收藏的照片，媒体也报道了多纳尼家族的重聚。此外，民间抵抗运动的大量相关文献也被展示出来，当然，这由城市议会负责的部分。

因此，橱窗的作用不仅仅在于吸引眼球，诱惑顾客好奇地走进书店；它也是对进行中的事件和讨论的意见声明，完全承袭了费利克斯·朱德的传统——这座城市里的人们至今记得,他于 1935 年 4 月的"元首生日纪念日"当天在书店橱窗里斜挂了一幅希特勒的人像插画,并以理查德·卡茨(Richard Katz)的游记《和棕色人种在一起的愉快时光》作为装饰。①

季节性主题也会被搬出来即时地讽刺评论一番。例如,迎接 2015 年复活节到来的是一面用很多只禽类装点边框的创意橱窗,或者更准确地说,是由克里斯蒂安·福斯特素描图案后制作的原创彩色石版画,添加了白金、银或铜氧化色泽的鸵鸟蛋、鹅蛋和火鸡蛋来丰富内容。对奇思妙想从未间断的渴望传达给了每一位过路人,甚至导致书店违反了不得在窗口展示农产品的自我规定。但是,在书店橱窗里展示马蒂斯 & 塞茨(Matthes & Seitz)出版社的自然博物学系列和科尔宾尼亚·艾格纳(Korbinian Aigner)的《苹果和梨》精装本时,如果不用从各个品种中精选的苹果和梨作为装饰,还能用什么呢?"毫不夸张地说,这是迄今为止我见过的最漂亮的

---

① 卡茨是犹太裔德国旅行作家。此外,在德语中,braun(棕色的)一词的另一个释义为"纳粹党的"(因为棕色是纳粹党冲锋队制服的颜色);heiter(愉快的)一词的另一个释义为"讨厌的"。

橱窗装饰。"出版人安德里亚斯·罗策评价道。"伟大的电影院。"——《汉堡晚报》如此形容费利克斯·朱德的橱窗创意。

维尔弗里德·韦伯生前愉快地回忆道,他在 20 世纪 60 年代接受过费利克斯·朱德的一项委托:为电视明星伯恩哈德·格尔季梅克设计一面橱窗,以宣传后者的多卷本动物学图书。韦伯与一位养蛇的人取得了联系,把这两条蛇放进书店橱窗里一个特制的木鸟笼中。这是一项回报可观的支出,也让新墙街又多了一处吸引眼球的地方。用活老鼠喂蛇是在早上书店开门之前进行的,这在今天是否仍然可行,以及动物保护者是否会对此感到愤怒,则是另一回事了。

惹人气愤的东西会引起关注,向来如此。不久前,在雷根斯堡,当屡获殊荣的东布罗夫斯基(Dombrowsky)书店与隔壁的服装店 MILK 交换橱窗装饰时,人们就产生了这种想法。寻找科尔迈尔(Michael Köhlmeier)或霍普的新作,却看到了鞋子和裙子,真叫人"喜出望外"。反过来,买鞋和裙子的人意外地遇见了一些书,这倒不是坏事。顺便一说,这在汉堡也是可行的,因为费利克斯·朱德书店的旁边就是一家做工考究的服装店……

服装店是精致和讲究的,但无论是在雷根斯堡还是汉堡,它们都很少将自己视作"思想空间"。然而,这个标签对于许多书店来说都是合适的,即使有人会认为它已经过时了。管理得当、热心经营、人员聪敏、装潢温馨的书店表明,世界并不仅仅只是由消费和商业组成的;我们只有认真对待生活的可能性,让想象力和智力发挥应有的作用,才能以有意义的方式处理现实生活中的问题。书店开发了这种财富,因为它们展示了何谓文学的魔力。让我们回到阿尔维托·曼古埃尔:在满怀激情的演说中,他坚定地认为,书籍不是再现现实,而是创造现实。读者都知道:我们看到一些人或物,以为自己认识他们,但这不是因为我们在日常生活中遇到过他们,而是因为我们在文学作品中接触过他们。这种既视感表明,将书籍与生活粗暴地割裂开来是何等荒谬。我们的阅读经验,亦是人生的经验。我们阅读他人的命运,一如阅读我们自己的命运。

当我们走进书店时，我们就与这些命运的故事近在咫尺了。